我的白鸽

陈忠实 著

长江出版传媒　长江少年儿童出版社

搂麦子受苦招架不住的那阵儿，想到吃白面馍馍，你就有劲了……这是我最初接受的关于劳动的教诲。

——《儿时的原（节选）》

那一派芦苇的青葱的绿色所蕴聚的气象,在人初见的一瞬便感到巨大的摇撼和震颤。

——《在河之洲》

目　录

第一辑　万物可爱　　　　　　　1

又见鹭鸶　　　　　　　　　　　3

拥有一方绿荫　　　　　　　　　8

告别白鸽　　　　　　　　　　　14

两株玉兰树　　　　　　　　　　26

第二辑　原上少年　　　　　　　33

第一次投稿　　　　　　　　　　35

汽笛·布鞋·红腰带	43
晶莹的泪珠	51
儿时的原（节选）	62

第三辑　回家　回家　　　　77

原下的日子	79
在河之洲	89
我的秦腔记忆	94
回家　回家	102

第一辑

万物可爱

又见鹭鸶

那是春天的一个惯常的傍晚,我沿着水边的沙滩漫不经意地散步。旱草和水草都已经蓬勃起来,河川里满眼都是盎然生机,野艾、苦蒿、薄荷和鱼腥草的气味混合着弥漫在空气里,风轻柔而又湿润。在桌椅间窝蜷了一天的四肢和绷紧的神经,渐渐舒展开来、松弛开来。

绕过一道河石垒堆的防洪坝,我突然瞅见了鹭鸶,两只,当下竟不敢再挪动一步,生怕冲撞了它、惊飞了它,便蹑手蹑脚悄悄默默在沙地上坐下来,压抑着冲到唇边的惊叹。哦,鹭鸶又飞回来了!

在顺流而下大约三十米外,河水从那儿朝南拐了个大弯儿,弯儿拐得不急不直随心所欲,便拐出一大片生动的绿洲，贴近水流的沙滩上水草尤其茂密。两只雪白的鹭鸶就在那个弯头上踯躅，在那一片生机盎然的绿草中悠然漫步；曲线优美得无与伦比的脖颈迅捷地探入水中，倏忽又在草丛里仰起头来；两条峭拔的长腿淹没在水里，举趾移步优然雅然；一会儿此前彼后，此左彼右，一会儿又此后彼前，此右彼左；断定是一对儿没有雄尊雌卑或阴盛阳衰的纯粹感情维系的平等夫妻……

于是，小河的这一方便呈现出别开生面、令人陶醉的风景，清澈透碧的河水哗哗吟唱着在河滩里蜿蜒，两个穿着艳丽的女子在对岸的水边倚石搓洗衣裳，三头紫红毛色的牛和一头乳毛嫩黄的牛犊在沙滩草地上吃草，三个放牛娃三对角坐在草地上玩扑克，蓝天上只有一缕游丝似的白云凝而不动，落日正渲染出即将告别时的热烈和辉煌……这些时常见惯的景致，全都因为一双鹭鸶的出现而生动起来。

不见鹭鸶，少说也有二十多年了。小时候在河里耍水，在河边割草，鹭鸶就在头前或身后的浅水里，有时竟在草笼旁边停立；上学和下学涉过河水时，鹭鸶在头顶翩翩飞翔，我曾经妄想把一只鸽哨儿戴到它的尾毛上；大了时在稻田里插秧或是给稻畦里放水，鹭鸶又在稻田圪梁上悠然踱步，丝毫也不戒备我手中的铁锨……难得泯灭的永远鲜活的鹭鸶的倩影，

现在就从心里扑飞出来，化成活泼的生灵在眼前的河湾里。

至今我也搞不清鹭鸶突然离去、突然绝迹的因由，鸟类神秘的生活习性和生存选择难以揣摩。岂止鹭鸶这样的小河流域鸟类中的贵族，乡民们视作报喜的喜鹊也绝迹了，张着大翅盘旋在村庄上空窥伺母鸡的恶老鹰彻底销声匿迹了，连丑陋不堪、猥琐笨拙的斑鸠也再不复现了，甚至连飞起来遮天蔽日的"丧婆儿"黑乌鸦都见不着一只，只有麻雀种族旺盛，村庄和田野处处都只能听到麻雀的叽叽喳喳。到底发生了什么灾变，使鸟类王国土崩瓦解、灭族灭种，留下一片大地静悄悄？

单说鹭鸶。许是水流逐年衰枯，稻田消失、绿地锐减，这鸟儿瞧不上越来越僵硬的小河川道了？许是乡民滥施化肥农药污染了流水，也污浊了空气，鹭鸶感到窒息而逃逸了？许是沿河两岸频频敲打的庆贺"指示"发表的锣鼓和震天撼地的炮铳，使这喜欢悠闲的贵族阶级心惊肉跳、恐惧不安，抑或是不屑于这一方地域上人类的愚蠢可笑，拂尾而去？许是那些隐蔽在树后的猎手暗施的冷枪，击中了鹭鸶夫妻双方中的雌的或雄的，剩下的一个鳏夫或寡妇悲怆遁逃？

又见鹭鸶！又见鹭鸶！

落日已尽，红霞隐退，暮霭渐合。两只鹭鸶悠然腾起，翻然扇动着洁白的翅膀逐渐升高，没有顺河而下，也没见逆流而上，偏是掠过小河朝北岸树木葱茏的村庄飞去了。我顿然悟觉，鹭鸶原是在村庄里的大树上筑巢育雏的。我的小学校所在的村庄面临河岸的一片白杨林子里，枝枝杈杈间竟有二十多个鹭鸶搭筑的窝巢，乡民们无论男女、无论老幼引为荣耀，视为吉祥。一只刚刚生出羽毛的雏儿掉到地上，竟然惊动了整个村庄的男女老少，合议着推一位爬树利落的姑娘把它送回窝儿里。更不必担心伤害鹭鸶的事了，那是被视为作孽短寿的事。鹭鸶和人类同居一处无疑是一种天然和谐，是鸟类对人类善良天性的信赖和依傍。这两只鹭鸶飞到北岸的哪个村庄里去了呢？在谁家门前或屋后的树上筑巢育雏呢？谁家有幸得此吉兆，得此可贵的信赖情愫呢？

我便天天傍晚到河湾里来，等待鹭鸶。连续五六天，不见踪影，我才发现没有鹭鸶的小河黯然失色。我明白自己实际是在重演那个可笑的"守株待兔"的寓言故事，然而还是忍不住要来。鹭鸶的倩影太富于诱惑了。那姿容端的是一种仙骨神韵，一种优雅、一种大度、一种自然；起飞时悠然翻然，落水里也悠然翻然，看不出得意时的昂扬恣肆，也看不出失意下的气急败坏；即使在水里啄食小虫、小虾、青叶、草芽儿，也不似鸡们、鸭们、雀们饿不及待的贪馋和贪婪相。

二三十年不见鹭鸶，早已不存再见的期冀和奢望，一见便不能抑制和罢休。我随之改变守候而为寻找，隔天沿着河流朝下，隔天又溯流而上，竟是一周的寻寻觅觅而终不得见。

我又决定改变寻找的时间，于是舍弃了一个美好的出活儿的早晨，在黎明的熹微中沿着河水朝上走。大约走出五华里①路程，河川骤然开阔起来，河对岸有一大片齐肩高的芦苇，临着流水的芦苇幼林边，那两只鹭鸶正在悠然漫步，刚出山顶的霞光把白色的羽毛染成霓虹。

哦！鹭鸶还在这小河川道里。

哦！鹭鸶对人类的信赖毕竟是可以重新建立的。

我在一块河石上悄然坐下来，隔水眺望那一对圣物，心里便涌出一首脍炙人口的诗歌来：

    蒹葭苍苍，

    白露为霜。

    所谓伊人，

    在水一方。

---

① 华里：指市里（计量里程的单位）。1华里 = 0.5千米。

拥有一方绿荫

农历十月初一是家乡的鬼节,活着的人要给死去的亲人烧纸送钱,好让他们在冬季到来之前备置防寒的衣物。在这种事情上我一直是处于理智和情感的分离状态,结果却是一次又一次顺从了情感的驱使,便匆匆赶回乡下老家,去为我的那位终身都在为吃饭穿衣愁肠百结的父亲烧一扎纸钱,让他在冥冥之域不再饥寒交困。

转过村里那座濒临倒塌的关帝庙,便瞅见我的家园。那株法桐撑开偌大的三角形树冠,昂昂扬扬侍立在大门前不过十米的街路边。我的树——每一次回归家园第一眼瞅见这株法桐,我的心里就会涌出"我的树"的欣然浩叹。原因再简单不过,这株法桐是我栽的。父亲在世时喜欢栽树,我们

家的房前屋后现在还蓬勃着他老先生栽植的树群,场堎上的那株白椿树已经有一搂粗了。然而,我每一次回乡看见自己栽下的树都要比看见父亲栽的树更亲切,说穿了不过是栽树的人对那株幼苗当初所寄托的希冀将实现。是的,当我看见自己掘坑栽下的那株不过指头粗细的幼苗终于雄壮起来,倚立在村巷里,在浩渺的天空撑起一片绿盖的时候,我的那种感觉颇近似阅读自己刚刚写完的一部小说。

十二年前的这个月,我调进陕西作协专业创作组。我那时的唯一感觉便是开始进入最理想的人生状态。专业创作对我来说它的实质性含义只有一点,所有时间可以由我自由支配,再不要听命于谁对我的指派了。压力也同时俱来,生活、学习、创作既然全由自己支配,那么再写不出像样的作品,也就没有任何托词可以替自己遮羞了。

我几乎同时决定回归老巢。回归我父亲、我爷爷、我老太爷一脉相承的家园。不是因为他们都死了需要由我来承继,纯粹是为了图得一个耳根清净的环境,可以平心静气地坐下来读书,思考一些不单是艺术也包括艺术的问题。我深知自己知识残缺不全,而生活演进的步伐又如此急骤,好多好多问题太需要沉心静气地想一想了。

住在乡间真是令人心旷神怡,所有的骚扰和诱惑都自然排除。每每在清静到令人寂寞的时候我便走出大门，和村巷里随意相遇的任一个人拉拉闲话，哪怕逗小孩玩玩也觉得十分快活。夏天暴日当头时，走出门来就招架不住炎炎烈日的烤炙，暴晒后我的头顶和赤臂就生出一层红红的小米粒似的斑点，奇痒难支，医生说那叫日光性皮炎。我便畏惧已构成暴力的太阳，于是便想到应该有一方绿荫做庇护。出得大门，站在浓厚而清凉的树荫下和农人闲谝、抽烟，那真是太惬意了……便想到栽两株树。

首先是树种的选择。我要栽两株法桐。几近四十年前我读初中，看过一场中国和法国合拍的儿童电影《风筝》，巴黎街道上那高大的街树令我记忆特深，我在家乡没有见过这种树。又过二十年我才知道这种树叫法桐，它在中国的许多城市的公路两边已经形成风景，家乡的一些农家屋院也栽植起来。

是我动手那部长篇小说写作那年的早春，我托村子里一个青年从庙会上买回两株法桐，一株一块钱。树买到了自然很遂心愿，只是遗憾着它太小太细了，仅仅食指那么粗。天哪！想要乘它的荫凉，想要拥有一方绿荫，得等多少年啊！

我仍然毫不犹豫地挖了坑，给坑底垫下土肥，把它栽下了；栽下了它，也就把一种对绿荫的期盼坚定地埋下了。我

挂着铁锨把儿抹着脸上的汗水,欣赏着只及我胸脯高的幼株,一缕忧虑产生了,猪可以拱断它,小孩随手可以掐折它,它太弱小了嘛!于是我扛着镢头上山坡,挖回一捆酸枣棵子,插在幼株周围,把它严严密密地保护起来。

令我失望的是,几乎所有树木的嫩叶都变成了绿叶,我的两株法桐依然叶苞不动。我拨开酸枣棵子在那树干上掐破表皮,发现已经是干死的褐色。我想把它拔起来扔掉,就在我拽住树干准备用力的一瞬,奇迹发生了,挨近地皮的地方露出来一点嫩黄的幼芽,我的心就由惊喜而微微颤抖了。

这是从法桐的根部冒出的新芽,证明树根还活着。树根活着就会发出新的幼芽,生命多么顽强又多么伟大啊!那是一个尚看不出叶形的粗壮的锥形幼芽,刚刚拱破地皮而崭露头角,嫩黄中有淡淡的嫩绿,估计也不止经受过一两回春天阳光的沐浴吧。我久久地蹲在那里而舍不得离开,庆祝一个新的生命的诞生。我把扒掉的酸枣棵子重新插好,这幼芽不仅经不起车碾马踏人踩猪拱,鸡爪子只要一下就会轻而易举地把它刨断、把它摧毁。

我一日不下八次地看那幼芽。它蹿起来了。它由嫩黄变成嫩绿了。它终于伸出一片绿叶了。它又抽出一片新叶了。它终于冒过围护着它的酸枣棵子,以一身勃勃的绿叶挺立起来,那么欢实,那么挺拔地向着天空……唯其丝毫不敢松懈,每年春天挖一捆酸枣棵子加固防护的围障,它依然还弱小,依然经不起意外的或有意的伤害。

它长到我的胳膊粗的时候,我终于享受到它的绿荫了。那树荫投射到地面上,有筛子般大小,我站在我的树的阴凉下,接受它的庇护。它尚不雄壮的枝干和尚不宽厚的绿叶,毕竟具备遮挡烈日烈焰的能力,我想拥有一方绿荫的愿望实现了。那一年年底,我也终于完成了历时四年的长篇小说写作工程,回城里去了。临走之前,我仍然给它的周围加固了一层酸枣棵子。

去年夏天我回去,发现那树干已经长到小碗那么粗了。不知哪家的孩子用小刀在树干上刻写下我的名字,刻刀的印迹已经愈合,颜色却是褐红色的,在树皮的灰白色中十分显朗。从去年到这次回归,我发现那树干急骤加粗,刻着我的名字的那俩字也在长大。树下已经有偌大一片绿荫了。

法桐已经成为一株真正的树挺立在那里,巨大的伞状树冠撑持在天空。父亲在世时给我说过,树冠在天空有多大,树根在地下就会伸延多远;树干有多粗,树的主根也就有多粗;树枝在空中往上往前伸长一尺一寸,树根在地下也就往下往周围延伸一尺一寸。我至今无法判断父亲这话有多少

科学的可靠性,但确凿相信,这树的根已经扎得很深了。即使往坏处想到极点,譬如说突然被过往的汽车撞断了,或者被几十年不遇而在某一天却遇到了雷劈电击,这自然都无法预防,但这根是不会被撞毁劈断的。它会重新冒出新芽,它的生命还会重新开始。真的发生这种情况,我将无怨无悔地再去挖酸枣棵子,重新开始对我的法桐新芽的围护。

　　我久久伫立在我的法桐树旁,欣赏着那已经变形却依然清晰可辨的我的名字,那刻下我名字的淘气鬼也该和这树一样长高长壮了吧? 天空飘落着零星小雨,日头隐没了,虽然看不到树荫,却也毫无遗憾。到明年三伏那燥热难熬的时候,我就回家园,享受暴日烈焰下的我的那一方绿荫。

告别白鸽

老舅到家里来,话题总是离不开退休后的生活内容,谈到他还可以干翻扎麦地这种最重的农活儿,很自豪的神情;养着一只大奶羊,早晨起来挤下羊奶煮熟和孙子喝了,孙子去上学,他则牵着羊到坡地里去放牧,挺诱人的一种惬意的神色;说他还养着一群鸽子,到山坡上放羊时或每月进城领取退休金时,顺路都要放飞自己的鸽子。我禁不住问:"有白色的没有?纯白的?"

老舅当即明白我的话意,不无遗憾地说:"有倒是有……只有一对。"随之又转换成愉悦的口吻:"白鸽马上就要下蛋了,到时候我把小白鸽给你捉来,就不怕它飞跑了。"老舅大约看出我的失望,继续解释说:"那一对老白鸽你养不住,咱

们两家原上原下几里路,一放开它就飞回老窝里去了。"

我就等待着,并不焦急,从产卵到孵化,再到幼鸽独立生存,差不多得两个月,急是没有用的。我那时正在远离城市的乡下故园里住着读书写作,大约七八年了,对那种纯粹的乡村情调和质朴到近乎平庸的生活,早已生出寂寞,尤其是陷入那部长篇小说的写作以来的三年。这三年里我似乎在穿越一条漫长的历史隧道,仍然看不到出口处的亮光,一种劳动过程之中,尤其是每一次劳动中止之后的寂寞围裹着我,常常难以诉述、难以排解。我想到能有一对白色的鸽子,心里便生出一缕温情、一方圣洁。

出乎我意料的是,一周没过,老舅又来了,而且捉来了一对白鸽。面对我的欣喜和惊讶之情,老舅说:"我回去后想了,干脆让白鸽把蛋下到你这里,在你这里孵出小鸽,它就认你这儿为家咧。再说嘛,你一年到头闷在屋里看书呀写字呀,容易烦。我想到这一层就赶紧给你捉来了。"我看着老舅那双洞达豁朗的眼睛,心不由怦然颤动起来。

我把那对白鸽接到手里时,发现老舅早已扎住了白鸽的几根羽毛,这样被细线捆扎的鸽子只能在房屋附近飞上飞下,而不会飞高飞远。老舅特别叮嘱说,一旦发现雌鸽产下蛋来,就立即解开它翅膀上被捆扎的羽毛,此时无须担心鸽子飞回老窝去，它离不开它的蛋。至于饲养技术，老舅不屑地说："只要每天早晨给它撒一把苞谷粒儿……"

  我在祖居的已经完全破败的老屋的后墙上的土坯缝隙里，砸进了两根木棍子，架上一只硬质包装纸箱，纸箱的右下角剪开一个四方小洞，就把这对白鸽放进去了。这幢已无人居住的破落的老屋似乎从此获得了生气，我总是抑制不住对后墙上的那一对活泼泼的白鸽的关切之情，没遍没数儿地跑到后院里，轻轻地撒上一把玉米粒儿。起始，两只白鸽大约听到玉米粒儿落地时特异的声响，挤在纸箱四方洞口探头探脑，像是在辨别我投撒食物的举动是真诚的爱意抑或是诱饵，我于是走开，以便它们可以放心进食。

  终于出现奇迹。那天早晨，一个美丽的乡村的早晨，我刚刚走出后门扬起右手的一瞬间，扑啦啦一声响，一只白鸽落在我的手臂上，迫不及待地抢夺手心里的玉米粒儿。接着又是扑啦啦一声响，另一只白鸽飞落到我的肩头，旋即又跳弹到手臂上，挤着抢着啄食我手心里的玉米粒儿。四只爪子掐进我的皮肉，有一种痒痒的刺疼。然而听着玉米粒儿从鸽子喉咙滚落下去的撞击的声响，竟然不忍心抖掉鸽子，似乎是一种早就期盼着的信赖终于到来。

  又是一个堪称美丽的早晨，飞落到我手臂上啄食玉米的

鸽子仅有一只，我随之发现，另外一只静静地卧在纸箱里产卵了。新生命即将诞生的欣喜和某种神秘感，立时就在我的心头漫溢开来。遵照老舅的经验之说，我当即剪除了捆扎鸽子羽毛的绳索，白鸽自由了。那只雌鸽继续钻进纸箱去孵蛋，而那只雄鸽，扑啦啦扑向天空去了。

终于听到了破壳出卵的幼鸽的细嫩的叫声。我站在后院里，先是发现了两只破碎的蛋壳，随之就听到从纸箱里传出来的细嫩的新生命的啼叫声。那声音细弱而又嫩气，如同初生婴儿无意识的本能的啼叫，又是那样令人动心动情。我几乎同时发现，两只白鸽轮番飞进飞出，每一只鸽子的每一次归巢，都使纸箱里欢闹起来，可以推想，父亲或母亲为它们捕捉回来了美味佳肴。

我便在写作的间隙里来到后院，写得拗手时到后院抽一支烟，那哺食的温情和欢乐的声浪会使人的心绪归于清澈和平静，然后重新回到摊着书稿的桌前；写得太顺时我也有意强迫自己停下笔来，到后院里抽一支雪茄，瞅着飞来又飞去的两只忙碌的白鸽，聆听那纸箱里日渐一日愈加喧腾的争夺食物的欢闹，于是我的情绪由亢奋渐渐归于冷静和清醒，自觉调整到最佳写作心态。

这一天，我再也按捺不住神秘的纸箱里小生命的诱惑，端来了木梯，自然是趁两只白鸽外出采食的间隙。哦！那是两只多么丑陋的小鸽，硕大的脑袋光溜溜的，又长又粗的喙尤其难看，眼睛刚刚睁开，两只肉翅同样光秃秃的，它俩紧紧依偎在一起，静静地等待母亲或父亲归来哺食。我第一次看到初生形态的鸽子，那丑陋的形态反而使我更急切地期盼蜕变和成长。

我便增加了对白鸽喂食的次数，由每天早晨的一次到早、午、晚三次。我想到白鸽每天从早到晚外出捕捉虫子，不仅活动量大大增加，自身的消耗也自然大大增加，而且把采来的最好的吃食都喂给幼鸽了。

说来挺怪的，我按自己每天三餐的时间给鸽子撒上三次玉米粒儿，然后坐在书桌前与我正在交缠着的作品里的人物对话，心里竟有一种尤为沉静的感觉。白鸽哺育幼鸽的动人情景，有形无形地渗透到我对作品人物的气性的把握和描述着的文字之中。

又是一个美丽的早晨，在我往地上撒下一把玉米粒儿的时候，两只白鸽先后飞下来，它们显然都瘦了，毛色也有点灰脏、有点邋遢。我无意间往墙上的纸箱一瞅，两只幼鸽挤在四方洞口，以惊异而稚气的眼神瞅着正在地上啄食的父亲和母亲。那是怎样漂亮的两只幼鸽哟，雪白的羽毛，让人联

想到刚刚挤出的牛乳。幼鸽终于长成了,所有可能发生的意外或不测的担心顿然化解了。

那是一个下午,我准备到河边上去散步,临走之前给白鸽撒一把玉米粒儿,算是晚餐。我打开后门,眼前一亮,后院的土围墙的墙头上,落栖着四只白色的鸽子,竟然给我一种白花花一大堆的错觉。两只老白鸽看见我就飞过来了,落在我的肩头,跳到手臂上抢啄玉米。我把玉米撒到地上,抖掉老白鸽,好专注欣赏墙头上那两只幼鸽。

两只幼鸽在墙头上转来转去,瞅瞅我又瞅瞅在地上啄食的老白鸽,胆怯的眼光如此显明,我不禁笑了。从脑袋到尾巴,一色纯白,没有一根杂毛,牛乳似的柔嫩的白色,像是天宫降临的仙女。是的,那种对世界、对自然、对人类的陌生和新奇而表现出的胆怯和羞涩,使人顿时生出诸多的联想:刚刚绽开的荷花,含珠带露的梨花,养在深山人未识的俏妹子……最美好、最纯净、最圣洁的比喻仍然不过是比喻,仍然不及幼鸽自身的本真之美。这种美如此生动,直叫我心灵震颤,甚至畏怯。是的,人可以直面威胁,可以蔑视阴谋,可以踩过肮脏的泥泞,可以对叽叽咕咕保持沉默,可以对丑恶闭上眼睛,然而在面对美的精灵时却是一种怯弱。

小白鸽和老白鸽在那幢破烂失修的房脊上亭亭玉立。这幢由家族的创业者修盖的房屋，经历了多少代人的更替而终于墙颓瓦朽了，四只白色的鸽子给这幢风烛残年的老房子平添了生机和灵气，以至幻化出家族兴旺时期的遥远的生气。

夕阳绚烂的光线投射过来，老白鸽和幼白鸽的羽毛红光闪耀。

我扬起双手，拍出很响的掌声，激发它们飞翔。两只老白鸽先后起飞。小白鸽飞起来又落下去，似乎对自己能否翱翔蓝天缺乏自信，也许是第一次飞翔的胆怯。两只老白鸽就绕着房子飞过来旋过去，无疑是在鼓励它们的儿女勇敢地起飞。果然，两只小白鸽起飞了，翅膀扇打出啪啪啪的声响，跟着它们的父母彻底离开了屋脊，转眼就看不见了。

我走出屋院站在街道上，树木笼罩的村巷依然遮挡视线，我就走向村庄背靠的原坡，树木和房舍都在我眼底了。我的白鸽正从东边飞翔过来，沐浴着晚霞的橘红。沿着河水流动的方向，翼下是蜿蜒着的河流，如烟如带的杨柳，正在吐穗扬花的麦田。四只白鸽突然折转方向，向北飞去，那儿是骊山的南麓，那座不算太高的山以风景和温泉名扬历史和当今，烽火戏诸侯和捉蒋兵谏的故事就发生在我的对面。两代白鸽掠过气象万千的那一道道山岭，又折回来了，掠过河川，从我的头顶飞过，直飞上白鹿原顶更为开阔的天空。原坡是绿的，梯田和荒沟有麦子和青草覆盖，这是我的家园一年四季中最迷人、最令我陶醉的季节，而今又有我养的四只白鸽在山原河川上空飞翔。这一刻，世界对我来说就是白鸽。

这一夜我失眠了，脑海里总是有两只白色的精灵在飞翔，早晨也就起来晚了。我猛然发现，屋脊上只有一双幼鸽。老白鸽呢？我不由得瞅瞄天空，不见踪迹，便想到它们大约是捕虫采食去了。直到乡村的早饭已过，仍然不见白鸽回归，我的心里竟然是惶惶不安。这当儿，老舅走进门来了。

"白鸽回老家了，天刚明时。"

我大为惊讶。昨天傍晚，老白鸽领着儿女初试翅膀飞上蓝天，今日一早就飞回老舅家去了。这就是说，在它们来到我家产卵孵蛋哺育幼鸽的两个多月里，始终也没有忘记老家故巢，或者说这两个多月孵化哺育幼鸽的行为本身就是为了回归。我被这生灵深深地感动了，也放心了。我舒了一口气："噢哟！回去了好。我还担心被鹰鹞抓去了呢！"

留下来的这两只白鸽的籍贯和出生地与我完全一致，我的家园也是它们的家园；它们更亲昵地，甚至是随意地落到我的肩头和手臂，不单是为着抢啄玉米粒儿；我扬手发出手势，它们便心领神会地从屋脊上起飞，在村庄、河川和原坡的上空，做出种种酣畅淋漓的飞行姿态，山岭、河川、村舍和古原似乎都舞蹈起来了。然而在我，却一次又一次抑制不住地发出吟诵：这才是属于我的白鸽！而那一对老白鸽嘛……毕竟是属于老舅的。我也因此有了一点点体验，你只能拥有你亲自培育的那一部分……

当我行走在历史烟云之中的一个又一个早晨和黄昏，当我陷入某种无端的无聊、无端的孤独的时候，眼前忽然会掠过我的白鸽的倩影，淤积着历史尘埃的胸脯里便透进一股活风。

直至惨烈的那一瞬，至今依然感到手中的这支笔都在颤抖。那是秋天的一个夕阳灿烂的傍晚，河川和原坡被果实累累的玉米、棉花、谷子和各种豆类覆盖着，人们也被即将到来的丰盈的收获鼓舞着，村巷和田野里泛溢着愉快喜悦的声浪。我的白鸽从河川上空飞过来，在接近西边邻村的村树时，转过一个大弯儿，就贴着古原的北坡绕向东来。两只白鸽先后停止了扇动翅膀，作出一种平行滑动的姿态，恰如两张洁白的纸页飘悠在蓝天上。正当我忘情于最轻松、最舒悦的欣赏之中时，一只黑色的幽灵从原坡的哪个角落里斜冲过来，直扑白鸽。白鸽惊慌失措地启动翅膀重新疾飞，然而晚了，那只飞在头前的白鸽被黑色幽灵俘掠而去。我眼睁睁地瞅

着头顶天空所骤然爆发的这一场弱肉强食、侵略者和被屠杀者的搏杀……只觉眼前一片黑暗。当我再次眺望天空时,唯见两根白色的羽毛飘然而落,我从坡地草丛中捡起,羽毛的根子上带着血痕,有一缕血腥气味。

侵略者是鹞子,这是家乡人对它的称谓,一种形体不大却十分凶残暴戾的鸟。

老屋屋脊上现在只有一只形单影孤的白鸽。它有时原地转圈,发出急切的连续不断的咕咕的叫声;有时飞起来又落下去,刚落下去又飞起来,似乎惊恐又似乎焦躁不安。我无论怎样抛撒玉米粒儿,它都不屑一顾,更不像往昔那样落到我肩上来。它是那只雌鸽,被鹞子残杀的那只是雄鸽。它们是兄妹也是夫妻,它的悲伤和孤清就是双重的了。

过了好多日子,白鸽终于跳落到我的肩头,我的心头竟然一热,立即想到它终于接受了那惨烈的一幕,也接受了痛苦的现实而终于平静了。我把它握在手里,光滑洁白的羽毛使人产生一种神圣的崇拜。然而正是这一刻,我决定把它送给邻家一位同样喜欢鸽子的贤,他养着一大群杂色信鸽,却没有白鸽。让我的白鸽和他那一群鸽子合帮结伙,可能更有利生存;再者,我实在不忍心看见它在屋脊上的那种孤单。

它还比较快地与那一群杂色鸽子合群了。

我看见一群灰鸽子在村庄上空飞翔，一眼就能辨出那只雪白的鸽子，欣慰我的举措的成功。

贤有一天告诉我，那只白鸽产卵了。

贤过了好多天又告诉我，孵出了两只白底黑斑的幼鸽。

我出了一趟远门回来，贤告诉我，那只白鸽丢失了。我立即想到它可能又被鹞子抓去了。贤提出来把那对杂交的白底黑斑的鸽子送我。我谢绝了。

又过了一些日子，失掉我的两只白鸽的情感波澜已经平静，老屋也早已复归平静，对我已不再具任何新奇和诱惑。我在写作的间隙里，到前院浇花除草，后院都不再去了。这一天，我在书桌前继续文字的行程，窗外传来了咕咕咕的鸽子的叫声，我便撂下笔，直奔后院。在那根久置未用的木头上，卧着一只白鸽。是我的白鸽。

我走过去，它一动不动。我捉起它来，它的一条腿受伤了，是用细绳子勒伤了的。残留的那段细绳深深地陷进肿胀的流着脓血的腿杆里，我的心抽搐起来。我找到剪刀剪断了绳子，发觉那条腿实际已经被勒断了，只有一缕尚未腐烂的皮连接着。它的羽毛变成灰黄，头上粘着污黑的垢甲，腹部黏结着干涸的鸽粪，翅膀上黑一坨灰一坨，整个儿污脏得难以让人握在手心了。

我的白鸽

  我自然想到,这只丢失归来的白鸽是被什么人捉去了,不是遭了鹞子。它被人用绳子拴着,给自家的孩子当玩物?或者连他以及什么人都可以摸摸玩玩的?白鸽被弄得这样脏兮兮的,不知有多少脏手抚弄过它,却根本不管不顾它被细绳勒断了的腿。我在那一刻突然想到,它还不如它的丈夫被鹞子扑杀的结局。

  我在太阳下为它洗澡,把由脏手弄到它羽毛上的脏洗濯干净,又给它的腿伤敷了消炎药膏,盼它伤愈,盼它重新发出羽毛的白色。然而它死了,在第二天早晨,在它出生的后墙上的那只纸箱里……

两株玉兰树

清明前一日后晌回到老家,到村子背靠的白鹿原北坡上,在父母的坟头烧了一堆被视为阴币的黄纸。尽管明知这是于逝者没有任何补益的事,然而每年此日不仅不能缺少,甚至早早就泛溢着一种甚为急切的情绪。自己心里明白,上坟烧纸和跪拜的行为,无非是为消解对父母恩德亏欠太多的负疚心理,获得一种安慰。

天气很好,温润的风似有若无。西斜的依然明媚的阳光下,原坡和河川满眼都是蓬勃的绿色和黄色,绿的是返青的麦苗,黄的是盛开的油菜花,间有零星散落在坡梁上杏花的粉白。

回到老屋小院,便坐在前院闲聊。许是那种负疚心绪得

到消解，许是得了这明媚春色的滋润，竟是一种难得的轻松和平静。记不得是谁颇为惊诧地叫了一声，玉兰树开花了。我便朝大门右侧的玉兰树看去，在树梢稍下边的一根分枝上，有两朵白花。我的心微微一颤，惊喜得轻叫一声，从坐着的小凳上站起来，几步走到玉兰树下，久久观赏那两朵玉兰花。那是两朵刚刚绽放的玉兰花，雪白，鲜嫩，纤尘不染，自在而又尽情地展示在细细的一根枝条上，洁白如玉，便想到玉兰花的名字确属恰切。玉兰树尚不见一片叶子，叶芽刚刚在枝条上突出一个个小豆般的苞，花儿却绽放了。我久久地看那两朵花儿，竟然不忍离去。玉兰花在我其实也算不得稀罕，见得也早也多了，之所以发生一缕不寻常的惊喜，因为这是开在自家屋院里的玉兰花，而且是我自己栽植的玉兰树苗，便有了一种情结；还有一种非常因素，就是这株玉兰树苗成长过程的障碍性经历，曾经让我颇费过一番心思。

几年前我重回原下小院读书写字，一位在灞河滩苗圃打工的乡党，闲聊中听说我喜欢玉兰花，便给我送来一株不过食指粗的幼苗，我便在大门右侧的围墙根下挖坑栽下了。为了便于浇水和保护，我在玉兰幼苗四周用砖箍了一圈护栏。得到我的用心守护和浇灌，玉兰树苗日见蹿高，分枝，加粗，蓬蓬勃勃，生机盎然，我便期待花苞的出现。恰好盼到玉兰树应该发苞开花的规定期树龄，不仅没有开花，失望且不论，等到叶子成形，我发现了非常的征象，本应是深绿色的叶子，却呈现着浅黄；即使到盛夏烈日暴晒的时月，各种树叶都变得深绿近青的颜色，我的玉兰树叶反而由浅黄变得几乎透亮了。任谁都会看出这是一种病态的表征。村里乡党见了，有说是蛴螬咬了树根，有说是缺肥，有说是化肥施多烧了根，等等。后两种说法不能成立，我栽植时填的是农家粪土，不缺肥，更不会发生烧根的事，倒是蛴螬啃食树根有可能发生，却也无可奈何。我曾扒土寻找蛴螬，一只也未见到。我就怀疑大约是玉兰根自身发生了什么病患。

等到第二年，玉兰树仍然是满树病态的黄叶，自然不会开花了。我便有所动摇，这株病态的树会不会自愈？需得几年才能缓解过来？如果等过几年不仅缓解不了反而病情加重以致枯死了，那我就会白等了。我便想挖掉它，重植一株。拿着镢头刨挖的一瞬，却似乎听到一种凄婉的求生的哀音，那一片片透亮的黄叶似乎也幻化成哭相，我便举不起镢头来。突然想到，任它继续存在着，如果真的挨过了病患，当一树健康墨绿的叶子呈现在小院里的时候，我会获得一种别样的欣慰和鼓舞；如果万一病患发展到发生枯死，再换植一株也无妨，这株玉兰树便保存下来。约略记得去年夏天回

家，玉兰树的叶子变绿了，尽管仍不像正常的叶子那么深色近青的绿，却不是往年那种透亮的黄色了，我不由得庆幸，它的病情缓解了，更庆幸我握在手里的镢头没有举起来……今年，这株玉兰树开花了。尽管只有两朵，却是一种美的生命的胜利。遭遇过生存劫难之后开放的这两朵洁白如玉的玉兰花，就不单是通常对所见的玉兰花的欣赏的愉悦了，多了一缕人生况味的感受。

栽在中院里的一株广玉兰，相对而言似乎简单得多了。这是我离开老屋小院之后一年春天栽下的。大约是我栽植上述这株玉兰幼苗的时候，问过送来玉兰树苗的乡党，苗圃里有没有广玉兰，但问过也就不在心了，尤其是返城之后就淡忘了。这年清明回家祭祖时，那位乡党又送来一株广玉兰幼苗。他竟然对我的那句问话经年不忘，知道我每年清明肯定回老家，便预备下这株我问过的广玉兰树苗，让我颇感动。我就把它栽到中院左侧的北边，避免后屋对阳光的遮蔽。

我之所以喜欢广玉兰，不全在它的各种颜色的花朵，更偏爱它的四季常青的绿叶。多年前到广东见识这种迥异于玉兰树的广玉兰，尽管很喜欢它四季不落的深沉的绿色，却不曾发生拥有的奢望，常识让我难以动心，这种在南方温暖湿润气候环境里生长欢实的好树，难得抵御北方凛冽的寒风和大雪。及至近年间，我在西安看到作为街心路边风景的广玉兰树，才意识到我犯了一个想当然的错误。这种广玉兰树在干燥缺雨的西安依然蓬蓬勃勃，有紫红的花，也有雪白的花；尤其是那浓密的深绿色叶子，在最难熬的冷风刺骨的三九寒冬里，依然蓬勃着一道绿色，为天灰地枯的冬天的西安增添了一种生命的活力。我就在第一眼看见这道风景时，便想给我家屋院栽植一株广玉兰，冬日回到老家，开门进院能看到一株绿树，当会是别有一番生动情怀……这株广玉兰的幼苗终于栽到中院了。

我对这株广玉兰的管护，远不及前院那株玉兰树。这是难能补救的事。我居住在城里，偶尔回到乡下老屋，才可能为它浇一桶水，拔除杂草，每到夏天常有的久旱不雨的时月，它就只好忍受干渴了。然而，这株广玉兰生长的欢实简直令我不可思议，每隔两三月回家看到时，它又冒高了一大截，树干也变粗了许多，且又伸出两三条横枝来。不过两三年，树梢已经高过房檐了，树干也有我的胳膊粗了，我便想到它该开花了。

这株连管护粗疏都说不上的广玉兰，就这样茁壮起来，蓬勃起来。春天、夏天和秋天且不论，每到山枯水瘦的冬天回到老家时，看到的是白鹿原北坡灰黄的枯草，灞河川道里

落光了叶子的果树和杂树，路边上烧荒留下的黑色灰渣。而一走进屋院，看到绿色依旧的广玉兰，这古老的祖居的屋院洋溢着生命的活力，心理上便泛起一种鲜活。就在我盼着它开花的期待心绪里，灾难却不期而至。那是三年前的隆冬季节，一场多年少见的大雪降至。雪后多日我回到乡下老屋，便看到一幅惨不忍睹的场景，广玉兰的主干从高处折断了，颇为庞大的枝叶躺在尚未融尽的残雪上。我看着主干折断处白色的断茬，再看看脚旁的断枝，一种隐痛久久难以化释。这是太浓密的树叶上积压的雪所导致的惨相。无论怎样惨不忍睹怎样心疼，却无可如何，我只能弥补，便用水在地上和了一团泥巴，涂抹到白色的断茬上，这是乡村里抚慰断枝的传统技法。当我涂抹着泥巴的时候，心情渐渐缓解了，相信到来年春天，断茬处肯定会发出新芽来，这是我种树的生活经验。

去年夏天回家时，从断茬处长出的主枝，已经和主干浑然一体了，初看竟看不出曾经让我心疼的断折的痕迹，凑近了才能看到重新弥合后的新枝与老干树皮颜色的差异。我便有了灾难之后的完全的欣慰。让我格外惊喜的是，广玉兰开花了。枝叶太过繁密，几朵紫红色的花朵夹在树叶之间，不拨开枝叶竟难以发现。我似乎不大在意这花的色彩，也不甚在意这花朵夹在枝叶之间难得赏心悦目,我栽广玉兰的着意处,原本是为着冬日的小院有一派绿色。

山枯水瘦、万木萧条的隆冬季节,回到祖屋小院,我能看到蓬勃的绿树绿叶。

初春的刚刚明媚的阳光里,回到祖屋小院,我可以尽情观赏洁白如玉的玉兰花。

这方久蓄着许多代先人命运的沉重气氛的小院里,平添了绿叶的鲜活和玉兰花的柔媚。我回归的向往便铸成永久。

第二辑 原上少年

 第一次投稿

背着一周的粗粮馍馍,我从乡下跑到几十里远的城里去念书,一日三餐,都是开水泡馍,不见油星儿,顶奢侈的时候是买一点杂拌咸菜;穿衣自然更无从讲究了,从夏到冬,单棉衣裤以及鞋袜,全部出自母亲的双手,唯有冬来防寒的一顶单帽,是出自现代化纺织机械的棉布制品。在乡村读小学的时候,似乎于此并没有什么不大良好的感觉;现在面对穿着艳丽、别致的城市学生,我无法不"顾影自卑"。说实话,由此引起的心理压抑,甚至比难以下咽的粗粮以及单薄的棉衣遮御不住的寒冷更使我难以忍受。

在这种处处使人感到困窘的生活里,我却喜欢文学了;而喜欢文学,在一般同学的眼里,往往是被看作极浪漫的人

的极富浪漫色彩的事。

新来了一位语文老师，姓车，刚刚从师范学院毕业。第一次作文课，他让学生们自拟题目，想写什么就写什么。这是我以前所未遇过的新鲜事。我喜欢文学，却讨厌作文。诸如《我的家庭》《寒假（或暑假）里有意义的一件事》这些题目，从小学作到中学，我是越作越烦了，越作越找不出"有意义的一天"了。新来的车老师让我们想写什么就写什么，我有兴趣了，来劲儿了，就把过去写在小本上的两首诗翻出来，修改一番，抄到作文本上。我第一次感到了作文的兴趣，而不再是活受罪。

我萌生了企盼，企盼尽快发回作文本来，我自以为那两首诗是杰出的，会震一下的。我的作文从来没有受过老师的表彰，更没有被当作范文在全班宣读的机会。我企盼有这样的一次机会，而且正朝我走来。

车老师抱着厚厚一摞作文本走上讲台，我的心无端地慌跳起来。然而四十五分钟过去，要宣读的范文宣读了，甚至连某个同学作文里一两句生动的句子也被摘引出来表扬了，那些令人发笑的错句病句以及因为一个错别字而致使语句含义全变的笑料也被点出来了，终究没有提及我的那两首诗，我的心里寂寒起来。离下课只剩下几分钟时，作文本发

到我的手中。我迫不及待地翻看了车老师用红墨水写下的评语，倒有不少好话，而末尾却悬下一句："以后要自己独立写作。"

我愈想愈觉得不是味儿，愈觉不是味儿愈不能忍受。况且，车老师给我的作文没有打分！我觉得受了屈辱。我拒绝了同桌以及其他同学伸手要交换作文的要求。好容易挨到下课，我拿着作文本赶到车老师的房子门口，喊了一声："报告——"

获准进屋后，我看见车老师正在木架上的脸盆里洗手。他偏过头问："什么事？"

我扬起作文本："我想问问，你给我的评语是什么意思？"

车老师扔下毛巾，坐在椅子上，点燃一支烟，说："那意思很明白。"

我把作文本摊开在桌子上，指着评语末尾的那句话："这'要自己独立写作'我不明白，请你解释一下。"

"那意思很明白，就是要自己独立写作。"

"那……这诗不是我写的？是抄别人的？"

"我没有这样说。"

"可你的评语这样子写了！"

他冷峻地瞅着我。冷峻的眼里有自以为是的得意，也有对我的轻蔑的嘲弄，更混含着被冒犯了的愠怒。他喷出一口烟，终于下定决心说："也可以这么看。"

我急了："凭什么说是我抄别人的？"

他冷静地说："不需要凭证。"

我气得说不出话……

他悠悠抽烟："我不要凭证就可以这样说。你不可能写出这样的诗歌……"

于是，我突然想到我的粗布衣裤的丑笨，想到我和那些上不起伙的乡村学生围蹲在开水龙头旁边时的窝囊，就凭这些瞧不起我吗？就凭这些判断我不能写出两首诗来吗？我失控了，一把从作文本上撕下那两首诗，再撕下他用红色墨水写下的评语。在要朝他摔出去的一刹那，我看见一双震怒得可怕的眼睛。我的心猛烈一颤，就把那些字纸用双手一揉，塞到衣袋里去了，然后一转身，不辞而别。

我躺在集体宿舍的床板上，属于我的那一绺床板是光的，没有褥子也没有床单，唯一不可或缺的是头下枕着的这一卷被子，晚上，我是铺一半再盖一半。我已经做好了接受开除的思想准备。这样受罪的念书生活还要再加上屈辱，我已不再留恋。

晚自习开始了，我摊开书本和作业本，却做不出一道习题来，捏着笔，盯着桌面，我不知做这些习题还有什么用。由于这件事，期末我的操行等级降到了"乙"。

打这以后，车老师的语文课上，我对于他的提问从不举手，他也不点我的名要我回答问题，校园里或校外碰见时，我就远远地避开。

又一次作文课，又一次自选作文。我写下一篇小说，名曰《桃园风波》，竟有三四千字，这是我平生写下的第一篇小说，取材于我们村子里果园入社时发生的一些事。随之又是作文评讲，车老师仍然没有提到我的作文，于好于劣都不曾提及，我心里的底火又死灰复燃。作文本发下来，揭到末尾的评语栏，连篇的好话竟然写下两页作文纸，最后的得分栏里，有一个神采飞扬的"5"字，在"5"字的右上方，又加了一个"+"号，这就是说，比满分还要满了！

既然有如此好的评语和"5+"的高分，为什么评讲时不提我一句呢？他大约意识到小视"乡下人"的难堪了，我猜想，心里也就膨胀了愉悦和报复，这下该有凭证证明前头那场说不清的冤案了吧？

僵局继续着。

入冬后的第一场大雪是夜间降落的，校园里一片白。早操临时取消，改为扫雪，我们班清扫西边的篮球场，雪下竟是干燥的沙土。我正扫着，有人拍我的肩膀，一仰头，是车老师。他笑着。在我看来，他笑得很不自然。他说："跟我到语文教研室去一下。"我心里疑虑重重，又有什么麻烦了？

走出篮球场，车老师的一只胳膊搭到我肩上了，我的心猛地一震，慌得手足无措了。那只胳膊从我的右肩绕过脖颈，搂住我的左肩。这样一个超级亲昵友好的举动，顿然冰释了我心头的疑虑，却更使我局促不安。

走进教研室的门，里面坐着两位老师，一男一女。车老师说："'二两壶''钱串子'来了。"两位老师看看我，哈哈笑了。我不知所以，脸上发烧。"二两壶"和"钱串子"是最近一次作文里我的又一篇小说的两个人物的绰号。我当时顶崇拜赵树理，他的小说的人物都有外号，极有趣，我总是记不住人物的名字而能记住外号。我也给我的人物用上外号了。

车老师从他的抽屉里取出我的作文本，告诉我，市里要搞中学生作文比赛，每个中学要选送两篇。本校已评选出两篇来，一篇是议论文，初三的一位同学写的，另一篇就是我的作文《堤》了。

啊！真是大喜过望，我不知该说什么了。

"我已经把错别字改正了,有些句子也修改了。"车老师说,"你看看,修改得合适不合适?"说着又搂住我的肩头,搂得离他更近了,指着被他修改过的字句一一征询我的意见。我连忙点头,说修改得都很合适。其实,我连一句也没听清楚。

他说:"你如果同意我的修改,就把它另外抄写一遍,周六以前交给我。"

我点点头,准备走了。

他又说:"我想把这篇作品投给《延河》。你知道吗?《延河》杂志? 我看你的字儿不太硬气,学习也忙,就由我来抄写投寄。"

我那时还不知道投稿,第一次听说了《延河》。多年以后,当我走进《延河》编辑部的大门深宅以及在《延河》上发表作品的时候,我都情不自禁地想起车老师曾为我抄写投寄的第一篇稿。

这天傍晚,住宿的同学有的活跃在操场上,有的遛大街去了,教室里只有三五个死贪学习的女生。我破例坐在书桌前,摊开了作文本和车老师送给我的一沓稿纸,心里怎么也稳定不下来。我感到愧悔,想哭,却又说不清是什么情绪。

第二天的语文课,车老师的课前提问一出,我就举起了左手，为了我的可憎的狭隘而举起了忏悔的手，向车老师投诚……他一眼就看见了，欣喜地指定我回答。我站起来后，却说不出话来，喉头哽塞了棉花似的。自动举手而又回答不出来，后排的同学哄笑起来。我窘急中又涌出眼泪来……

我上到初三时，转学了，暑假办理转学手续时，车老师探家尚未回校。后来，当我再探问车老师的所在时，只说早调回甘肃了。当我第一次在报刊上发表处女作的时候，我想到了车老师，应该寄一份报纸去，去慰藉被我冒犯过的那颗美好的心！当我的第一本小说集出版时，我在开着给朋友们赠书的名单时又想到车老师，终不得音讯，这债就依然拖欠着。

经过多少年的动乱，我的车老师不知尚在人间否？我却忘不了那淳厚的陇东口音……

 # 汽笛·布鞋·红腰带

一个年过五十的人,依然清晰地记得平生听到第一声火车汽笛时的情景。

他当时刚刚勒上了头一条红腰带。这是家乡人遇到本命年时避灾禳祸祈求平安福祉的吉祥物,无论男女、无论长幼、无论尊卑都要在本命年到来的头一天早晨穿裤子时勒上腰的。那是母亲用自纺的棉线四股合成一股,经过浆洗、经过大红颜色的煮染,再经过蜂蜡的打磨,然后把经线绷在两个膝盖之间织成的。母亲早在搓棉花捻子和纺线的时候就不断念叨:"娃的本命年快到了,得织一条红腰带。"在标志着一年将尽的最后一个月份——腊月到来之前,母亲已经织好了一条红腰带,只让他试着勒了一下就藏进木板柜里,直

到大年三十晚上才取出来放到枕头旁边，叮嘱他天明起来换穿新衣新裤时结上那条红腰带。他那时只是对那条鲜红的线织腰带感到新奇而激动不已，却不能意识到生命历程的第二个十二年将从明天早晨开始……

半年以后，他勒在腰里的红带已经变成紫黑色的了，鲜艳的红色被汗渍、尿垢以及褪色的黑裤污染得失去了原本的颜色。他依旧勒着这条"保命带"走出了家乡小学所在的小镇，到三十里外的历史名镇灞桥去投考中学。领着他的是一位四十多岁的班主任老师，姓杜。和他一起去投考的有二十多个同学，这些小学同学中有的已经结婚，那是他们在新中国成立后才迟迟获得读书机会的缘故，他是他们当中年龄最小、个头最矮的一个。

这是一次真正的人生之旅。

从小镇小学校后门走出来便踏上了公路。这是一条国道，西起西安沿着灞河川道再进入秦岭，在秦岭山岩中盘旋蜿蜒一直通到湖北省内。这是他第一次走出家门三公里以外的旅行。他昨夜激动惶惧得几乎不能成眠；他肩头挎着一只书包，包里装着课本，一支毛笔和一只墨盒，还有几个学生灶发给的混面馍馍，还有一块洗脸擦脸用的布巾——同样是母亲用织布机织下的手工布巾……口袋里却连一分钱也

没有。

开始上路,他和老师、同学相跟着走,走出十多里路也不觉得累,同学们大都来自小镇附近村庄,谁也没出过远门,兴致很高、心劲十足,一路说说笑笑、叽叽嘎嘎。后来的悲剧是从脚下发生的。他感觉脚后跟有点疼,脱下鞋来看了看,鞋底磨透了,脚后跟上磨出红色的肉丝淌着血,血浆渗湿了鞋底和鞋帮。他首先诅咒的便是沙石铺垫的国道上的沙子,全然想不到母亲纳扎的布鞋鞋底经不住沙石的磨砺,随后才意识到这是一双早已磨薄了的旧布鞋的鞋底。在他没有发现鞋破脚破之前还能撑持住往前走,而当他看到脚后跟上的血肉时便怯了,步子也慢了。

似乎不单是脚后跟上出了毛病,全身都变得困倦无力,双腿连往前挪一步的勇气都没有了,每一次抬脚举步都畏怯落地之后所产生的血肉之苦。他看见杜老师在向他招手。他听见同学在前头呼叫他。他流下眼泪来,觉得再也撑不上他们了。他企望能撞见一位熟人吆赶的马车,瞬间又悲哀地想到,自己其实就不认识任何一位车把式。

他看见杜老师和一位结过婚的小学生大同学倒追过来,立即擦干了眼泪。老师和同学的关心鼓励丝毫也不能减轻脚下的痛楚和抬脚触地时引发的内心的畏怯。老师和大同学不能只等他一人而往前走了。他没有说明鞋底磨透、脚跟磨烂的事，不是出于坚强而纯粹是因为爱面子，他怕那些能穿起耐磨的胶质球鞋的同学笑自己穷酸。这种爱面子的心理不知何时形成的，以至影响到他后来的全部生活历程，不愿意在任何人面前哭穷。老师和大同学临走时留给他的话是："往前走不敢停。慢点儿不要紧只是不敢停下。我们在前头等你。"

　　他已经看不见杜老师率领着的那支小小的赶考队伍了。他期望在路上捡到一块烂布包住脚后跟，终于没有发现哪怕是巴掌大的一块碎布而失望了。他从路边的杨树上捋下一把树叶塞进鞋窝儿，大约只舒服了两分钟，走出不过十几米，就结束了暂短的美好和幼稚。他终于下狠心从书包里摸出那块擦脸用的布巾，相当于课本的两倍大小，只能包住一只脚。洗脸擦脸已经不大重要了，撩起衣襟就可以代替布巾来使用。用布巾包住的一只脚不再直接遭受沙石的蹭磨，减轻了疼痛，况且可以使另一只脚跷起而避免脚后跟着地。他跷着一只脚就跛着往前赶，果然加快了行速。走过不知有多少路程，布巾很快又磨透了，他把布巾倒过来再包到脚上，直到那块布巾被踩磨得稀烂而毫无用处。他最后从书包拿出了课本，先是算术，后是语文，一沓一沓撕下来塞进鞋窝……只

要能走进考场,他自信可以不需要翻动它们就能考中;万一名落孙山,这些课本无论语文或是算术就都变成毫无用处的废物了。这些课本的纸张更经不住沙石的蹭磨,很快被踩踏成碎片从鞋窝里泛出来撒落到沙石国道上,像埋葬死人时沿路抛撒的纸钱。直到课本被撕光,他几乎绝望了,脚后跟的疼痛逐渐加剧到每一次抬足都会心惊肉跳,走进考场的最后一丝勇气终于断灭了。他站下随之又坐下来,等待有一挂回程的马车,即使陌生的车夫也要乞求。他对念中学似乎也没有太明晰的目标,回家去割草拾柴也未必不好……伟大的转机就在他完全崩溃刚刚坐下的时候发生了,他听到火车汽笛的一声嘶鸣。

他被震得从路边的土地上弹跳起来。他被惊吓得几乎又软瘫坐下。他的耳膜长久地处于一种无知觉的空白。他的胸腔随着铿锵铿锵的轮声起伏着,颤栗着。他惊惧慌乱、不知所措而茫然四顾,终于看见一股射向蓝天的白烟和一列呼啸奔驰过来的火车。他能辨识出火车凭借的是语文课本上的一幅拙劣的插图。这是他平生第一次看见火车,第一次听见火车汽笛的鸣叫。隐蔽在原坡皱褶里的家乡村庄,一年四季只有人声牛哞狗吠鸡鸣和鸟叫。列车从他眼前的原野上飞驰过去,绿色的车厢、绿色的窗帘和白色的玻璃,启开的窗户晃过模糊的男人或女人的脸，还有一个把手伸出窗口的男孩的脸……直到火车消失在柳林丛中，直到柳树梢头的蓝烟渐渐淡化为乌有，直到远处传来不再那么震慑而显得悠扬的汽笛声响，他仍然无法理解火车以及坐在火车车厢里的人会是一种什么滋味儿，坐在飞驰的火车上透过敞开的窗口看见的田野会是怎样的情景？坐在火车上的人瞧见一个穿着磨透了鞋底、磨烂了脚后跟的乡村娃子会是怎样的眼光？尤其是那个和他年纪相仿已经坐着火车旅行的男孩。

天哪！这世界上有那么多人坐着火车跑哩，而根本不用双脚走路！他用双脚赶路却穿着一双磨穿了鞋底、磨烂了脚后跟的布鞋一步一蹭血地踯躅！似乎有一股无形的神力从生命的那个象征部位腾起，穿过勒着红腰带的腹部冲进胸腔又冲上脑顶，他无端地愤怒了，一切朦胧的或明晰的感觉凝结成一句：不能永远穿着没后底的破布鞋走路……他把残留在鞋窝里的烂布绺、烂树叶、烂纸屑腾光倒净，咬着牙在沙石国道上重新举步，腿上有劲了，脚后跟还在淌血还在疼，走过一阵儿竟然奇迹般地不疼了，似乎那越磨越烂得深的脚后跟不是属于他的，而是属于另一个怯弱者懦弱鬼王八蛋的……在离考场的学校还有一二里远的地方，他终于追赶上了老师和同学，却依然不让他们看他惨不忍睹的两只脚

我的白鸽

后跟。

……

在那场历时十年的大浩劫发生时，他虽未被完全打翻却感到已经走到生命的尽头。那一年又正好是他勒上第二条红腰带开始第三轮十二年的时候。他所钟情的文学在刚刚发出处女作便夭折了，家庭的灾难也接踵而至，不是祸不单行而是三面伏击、四面楚歌。他步入社会尚无任何生活经验，也无丝毫的防卫能力，很快便觉得进入绝境而看不出任何希望，他不止一次于深夜走到一口水井边，企图结束完全变成行尸走肉的自己。没有促成他纵身一投的缘由，便是他在最后一刻听到了发自生命内部的那一声汽笛的鸣叫……

在他勒上第三条红腰带开始生命年轮的第四个十二年的时候，恰好又遭遇到一次重大的挫折。如果说上一次的遭遇与红腰带有无什么联系尚无意识，这一次就令他暗暗惊诧了，人类生命本身是否存在着一种神秘的周期性灾变？他不再以一个简单的无神论者的简单态度轻易去判断其有无了。这一次挫折纯粹是自作自受，不能怨天、不能怨地，更不能怨天下任何人，自己写下一篇对生活做出简单谬误判断的小说而声名狼藉。他曾想告别政坛也告别文学，重新回到学校做一名乡村教师，与农村孩子去交朋友。在那个人生重大抉择的重要关头，他不仅又一次听到了那声汽笛，而且想到了那双磨透了鞋底、磨烂了脚后跟的布鞋。有什么可畏惧的呢？本来就是穿着磨透鞋底的布鞋走进社会的，最终最糟失掉的大不了也就是又一双破烂布鞋……他走进图书馆，把莫泊桑和契诃夫的小说抱回住屋，昼夜与这两个欧洲人拥抱在一起。

他后来成为一个作家，虽不是著名的，却终归算一个作家。这个作家已过"知天命"的年岁，回顾整个生命历程的时候，所有经过的欢乐已不再成为欢乐，所有经历的灾难挫折引起的痛苦也不再是痛苦，而是变成了只有自己可以理解的生命体验，剩下的还有一声储存于生命磁带上的汽笛鸣叫和一双破了鞋底的布鞋。

他想给进入花季刚刚勒上头一条或第二条红腰带的朋友致以祝贺，无论往后的生命历程中遇到怎样的挫折、怎样的委屈、怎样的龌龊，不要动摇也不必辩解，走你认定了的路吧！因为任何动摇包括辩解，都会耗费心力、耗费时间、耗费生命，不要耽搁了自己的行程。

 **晶莹的泪珠**

我手里捏着一张休学申请书朝教务处走着。

我要求休学一年。我写了一张要求休学的申请书。我在把书面申请交给班主任的同时，又口头申述了休学的因由，发觉口头申述因为穷而休学的理由比书面申述更加难堪。好在班主任对我口头和书面申述的同一因由表示理解，没有经历太多的询问便在申请书下边空白的地方签写了"同意该生休学一年"的意见，自然也签上了他的名字和时间。他随之让我等一等，就拿着我写的申请书出门去了，回来时那申请书上就增加了校长的一行签字，比班主任的字签得少自然也更简洁，只有"同意"二字，连姓名也简洁到只有一个姓，名字略去了。班主任对我说："你现在到教务处去办手续，开一张休学证书。"

我敲响了教务处的门板。获准以后便推开了门，一位年轻的女先生正伏在米黄色的办公桌上，手里提着长杆蘸水笔在一厚本表册上填写着什么，并不抬头。我知道开学报名时教务处最忙，忙就忙在许多要填写的各式表格上。我走到她的办公桌前鞠了一躬："老师，给我开一张休学证书。"然后就把那张签着班主任和校长姓名和他们意见的申请递放到桌子上。

她抬起头来，诧异地瞅了我一眼，拎起我的申请书来看着，长杆蘸水笔还夹在指缝之间。她很快看完了，又专注地把目光留滞在纸页下端班主任签写的一行意见和校长更为简洁的意见上面，似乎两个人连姓名在内的十来个字的意见批示看去比我大半页的申请书还要费时更多。她终于抬起头来问："就是你写的这些理由吗？"

"就是的。"

"不休学不行吗？"

"不行。"

"亲戚全都帮不上忙吗？"

"亲戚……也都穷。"

"可是……你休学一年，家里的经济状况也不见得能改

变，一年后你怎么能保证复学呢？"

于是我就信心十足地告诉她我父亲的精确计划：待到明年我哥哥初中毕业，父亲谋划着让他投考师范学校，师范生的学杂费和伙食费全由国家供给，据说还发三块钱零花钱。那时候我就可以复学接着念初中了。我拿父亲的话给她解释，企图消除她对我能否复学的疑虑："我伯伯说来，他只能供得住一个中学生；俺兄弟俩同时念中学，他供不住。"

我没有做更多的解释。我的爱面子的弱点早在此前已经形成。我不想再向任何人重复叙述我们家庭的困窘。父亲是个纯粹的农民，供着两个同时在中学念书的儿子。哥哥在距家四十多里远的县城中学，我在离家五十多里的西安一所新建的中学就读。在家里，我和哥哥可以合盖一条被子，破点旧点也关系不大。先是哥哥，接着是我，要离家到县城和省城的寄宿学校去念中学。每人就得各有一套被褥行头，学费、杂费、伙食费和种种花销都空前增加了。实际上轮到我考上初中时已不再是考中秀才般的荣耀和喜庆，反而变成了一团浓厚的愁云忧雾笼罩在家室屋院的上空。我的行装已不能像哥哥那样有一套新被子、新褥子和新床单，被简化到只能有一条旧被子卷成小卷儿背进城市里的学校。我的那一绺床板终日裸露着缝隙宽大的木质板面，晚上就把被子铺一半再盖上一半。我也不能像哥哥那样由父亲把一整袋面粉送交给学生灶，而只能是每周六回家来背一袋杂面馍馍到学校去，因为学校灶上的管理制度规定一律交麦子面，而我们家总是短缺麦子而苞谷面还算宽裕。这样的生活我并未意识到有什么不好，因为背馍上学的学生远远超过能搭得起灶的学生人数，每到三顿饭时，背馍的学生便在开水灶的一排供水龙头前排起五六列长队，把掰碎的各色馍块装进各自的大号搪瓷缸子里，用开水浸泡后，便三人一堆五人一伙围在乒乓球台的周围进餐，佐菜大都是花钱买的竹篓咸菜或家制的腌辣椒，说笑和争论的声浪甚至压倒了那些从灶房领取炒菜和热饭的"贵族阶层"。

这样的念书生活终于难以为继。父亲供给两个中学生的经济支柱，一是卖粮，一是卖树，而我印象最深的还是卖树。父亲自青年时就喜欢栽树，我们家四五块滩地地头的灌渠渠沿上，是纯一色的生长最快的小叶杨树，稠密到不足一步就是一棵，粗的可作檩条，细的能当椽子。父亲卖树早已打破了先大后小、先粗后细的普通法则，一切都是随买家的需要而定，需要檩条就任其选择粗的，需要椽子就让他们砍伐细的。所得的票子全都经由哥哥和我的手交给了学校，或是换来书籍课本和作业本以及哥哥的菜票、我的开水费。树卖掉

后,父亲便迫不及待地刨挖树根,指头粗细的毛根也不轻易舍弃,把树根劈成小块晒干,然后装到两只大竹条笼里挑起来去赶集,卖给集镇上那些饭馆药铺或供销社单位。一百斤劈柴的最高时价为一元五角,得来的块把钱也都经由上述的相同渠道花掉了。直到滩地上的小叶杨树在短短的三四年间全部砍伐一空,地下的树根也掏挖干净,渠岸上留下一排新插的白杨枝条或手腕粗细的小树……

我上完初一第一学期,寒假回到家中便预感到要发生重要变故了。新年佳节弥漫在整个村巷里的喜庆气氛与我父亲眉宇间的那种根深蒂固的忧虑形成强烈的反差,直到大年初一刚刚过去的当天晚上,父亲便说出来谋划已久的决策:"你得休一年学,一年。"他强调了一年这个时限。我没有感到太大的惊讶。在整个一个学期里,我渴盼星期六回家又惧怕星期六回家。我那年刚交十三岁,从未出过远门,而一旦出门便是五十多里远的陌生的城市,只有星期六才能回家一趟去背馍,且不要说一周里一天三顿开水泡馍所造成的对一碗面条的迫切渴望了。然而每个周六在吃罢一碗香喷喷的面条后便进入感情危机,我必须说出明天返校时要拿的钱数儿,一元班会费或五毛集体买理发工具的款项。我知道一根五丈长的椽子只能卖到一元五角钱,一丈长的椽子只有八角到一块的浮动区。我往往在提出要钱数目之前就折合出来这回要扛走父亲一根或两根椽子，或者是多少斤树根劈柴。我必须在周六晚上提前提出钱数，以便父亲可以从容地去借款。每当这时我就看见父亲顿时阴沉下来的脸色和眼神，同时，夹杂着短促的叹息。我便低了头或扭开脸不看父亲的脸。母亲的脸色同样忧愁，我似乎可以看；而父亲的脸眼一旦成了那种样子，我就不忍对看或者不敢对看。父亲生就的是一脸的豪壮气色，高眉骨大眼睛、统直的高鼻梁和鼻翼两边很有力度的两道弯沟，忧愁蒙结在这样一张脸上似乎就不堪一睹……我曾经不止一次地产生过这样的念头：为什么一定要念中学呢？村子里不是有许多同龄伙伴没有考取初中仍然高高兴兴地给牛割草、给灶里拾柴吗？我为什么要给父亲那张脸上周期性地制造忧愁呢……父亲接着就讲述了他得让哥哥一年后投考师范的谋略，然后可以供我复学念初中了。他怕影响一家人过年的兴头儿，所以压在心里直到过了初一才说出来。我说："休学。"父亲安慰我说："休学一年不要紧，你年龄小。"我也不以为休学一年有多么严重，因为同班的五十多名男女同学中有不少人都结婚了，既有做了爸爸的，也有做了妈妈的，这在50年代初并不奇怪，新中国成立后才获得上学机会的乡村青年不限年龄。我是班里年龄最

小、个头最矮的一个,座位排在头一张课桌上。我轻松地说:"过一年个子长高了,我就不坐头排头一张桌子咧——上课扭得人脖子疼……"父亲依然无奈地说:"钱的来路断咧!树卖完了——"

老师放下夹在指缝间的木制长杆蘸水笔,合上一本很厚很长的登记簿,站起来说:"你等等,我就来。"我就坐在一张椅子上等待,总是止不住她出去干什么的猜想。过了一阵儿她回来了,情绪有些亢奋,也有点激动,一坐到她的椅子上就说:"我去找校长了……"我明白了她的去处,似乎验证了我刚才的几种猜想中的一种,心里也怦然动了一下。她没有谈她找校长说了什么,也没有说校长给她说了什么。她现在双手扶在桌沿上低垂着眼,久久不说一句话。她轻轻舒了一口气,仰起头来时我就发现,亢奋的情绪已经隐退,温柔妩媚的气色渐渐回归到眼角和眉宇里来了,似乎有一缕淡淡的无能为力的无奈。

她又轻轻舒了口气,拉开抽屉取出一本公文本在桌子上翻开,从笔筒里抽出那支木杆蘸水笔,在墨水瓶里蘸上墨水后又停下手,问:"你家里就再想不下办法了?"我看着那双滋浮着忧郁气色的眼睛,忽然联想到姐姐的眼神。这种眼神足以使任何被痛苦折磨着的心平静下来,足以使任何被痛苦折磨得心力交瘁的灵魂得到抚慰，足以使人沉静地忍受痛苦和劫难而不至于沉沦。我突然意识到因为我的休学致使她心情不好这个最简单的推理。而在校长、班主任和她中间，她恰好是最不应该产生这种心情的。她是教务处的一位年轻职员，平时就是在教务处做些抄抄写写的事，在黑板上写一些诸如打扫卫生的通知之类的事，我和她几乎没有说过话，甚至至今也记不住她的姓名。我便说："老师，没关系。休学一年没啥关系，我年龄小。"她说："白白耽搁一年多可惜！"随之又换了一种口吻说，"我知道你的名字，也认得你。每个班前三名的学生我都认识。"我的心情突然灰暗起来而没有再开口。

她终于落笔填写了公文函，取出公章在下方盖了，又在切割线上盖上一枚合缝印章，吱吱吱撕下并不交给我，放在桌子上，然后把我的休学申请书抹上糨糊后贴在公文存根上。她做完这一切才重新拿起休学证书交给我说："装好。明年复学时拿着来找我。"我把那张硬质纸印制的休学证书折叠了两番装进口袋。她从桌子那边绕过来，又从我的口袋里掏出来塞进我的书包里，说："明年这阵儿你一定要来复学。"

我向她深深地鞠了躬就走出门去。我听到背后咣当一声闭门的声音，同时也听到一声"等等"。她拢了拢齐肩的

整齐的头发朝我走来,和我并排在廊檐下的台阶上走着,两只手插在外套的口袋里。走过一个又一个窗户,走过一个又一个教室的前门和后门,校园里和教室里出出进进着男女同学,有的忙着去注册去交费,有的已经抱着一摞摞新课本、新作业本走进教室,还有从校门口刚刚进来的背着被卷、馍袋的迟来者。我忽然心里很不好受,在争取到了休学证书后心劲松了吗?我很不愿意看见同班同学的熟悉的脸孔,便低了头匆匆走起来,凭感觉可以知道她也加快了脚步,几乎和我同时走出学校大门。

学校门口又拥来一拨偏远地区的学生,熟悉的同学便连连问我:"你来得早!报过名了吧?"我含糊地笑笑就走过去了,想尽快远离正在迎接新学期的洋溢着欢跃气浪的学校大门。她又喊了一声"等等",我停住脚步。她走过来拍了拍我的书包:"甭把休学证弄丢了。"我点点头。她这时才有一句安慰我的话:"我同意你的打算,休学一年不要紧,你年龄小。"

我抬头看她,猛然看见那眼睫毛很长的眼眶里溢出泪水来,像雨雾中正在涨溢的湖水,泪珠在眼里打着旋儿,晶莹透亮。我瞬即垂下头避开她的目光。要是再在她的眼睛里多驻留一秒,我肯定就会号啕大哭。我低着头咬着嘴唇,脚下盲目地拨弄着一块碎瓦片来抑制情绪，感觉到有一股热辣辣的酸流从鼻腔倒灌进喉咙里去。我后来的整个生命历程中发生过多少这种酸水倒流的事，而倒流的渠道却是从十四岁刚来到的这个生命年轮上第一次疏通的。第一次疏通的倒流的酸水的渠道肯定狭窄，承受不下那么多的酸水，因而还是有一小股从眼睛里冒出来，模糊了双眼，顺手就用袖头揩掉了。我终于仰起头鼓起劲儿说："老师……我走咧……"

她的手轻轻搭上我的肩头："记住，明年的今天来报到复学。"

我看见两滴晶莹的泪珠从她眼睫毛上滑落下来，掉在脸鼻之间的谷地上，缓缓流过一段就在鼻翼两边挂住。我再一次虔诚地深深鞠躬，然后就转过身走掉了。

二十五年后，卖树卖树根（劈柴）供我念书的父亲在癌病弥留之际，对坐在他身边的我说："我有一件事对不住你……"

我惊讶得不知所措。

"我不该让你休那一年学！"

我浑身战栗，久久无言。我像被一吨烈性"梯恩梯"炸成碎块细末儿飞向天空，又似乎跌入千年冰窖而冻僵四肢、冻僵躯体，也冻僵了心脏。在我高中毕业名落孙山回到

乡村的无边无际的彷徨苦闷中,我曾经猴急似的怨天尤人:"全都倒霉在休那一年学……"我1962年毕业恰逢中国经济最困难的年月,高校招生任务大大缩小,我们班里剃了光头,四个班也仅仅考取了一个个位数,而在上一年的毕业生里我们这所不属重点的学校也有百分之五十的学生考取了大学。我如果不是休学一年当是1961年毕业……父亲说:"错过一年……让你错过了二十年……而今你还算熬出点名堂了……"

我感觉到炸飞的碎块细末儿又归结成了原来的我,冻僵的四肢自如了,冻僵的躯体灵便了,冻僵的心又噔噔噔跳起来的时候,猛然想起休学出门时那位女老师溢满眼眶又流挂在鼻翼上的晶莹的泪珠。我对已经跨进黄泉路上半步的依然向我忏悔的父亲讲了那一串泪珠的经历,我称呼伯伯的父亲便安然合上了眼睛,喃喃地说:"可你……怎么……不早点给我……说这女先生哩……"

我今天终于把几近四十年前的这一段经历写出来的时候,对自己算是一种虔诚祈祷。当各种欲望膨胀成一股强大的浊流冲击所有大门窗户和每一个心扉的当今,我便企望自己如女老师那种泪珠的泪泉不致堵塞,更不敢枯竭,那是滋养生命灵魂的泉源,也是滋润民族精神的泉源哟……

儿时的原(节选)

割草·搂麦

出生在农家屋院里的男孩子,从小小年纪就帮父母干农活了。我却记不准自己究竟是从几岁开始动手干活的,按乡村人归结的普遍规律,说男娃子一顿能吃完一个馍馍,就是好帮手了。我据此判断,当在我六七岁的时候。我同样记不清先学会的是哪一种农活,却笼统记得我能干的农活有拔草、割草、搂柴火、搂麦穗、掰苞谷和剥苞谷等。幼年从事的这些农活,有的是我喜欢干的,留下了愉快的记忆;有的是难以承受的不想干却不得不干的,便铸成一种伤痛。

我最喜欢干的农活是割草。我家和隔壁一家同族本门人家合养一头黄牛。牛喜食青草。每当春天青草长出来,我便背上柳条编织的小号笼子,提上割草的短把镰刀,下到灞河河川或上到白鹿原坡去割草了。当时不知白鹿原的名称,只说上坡割草。割草总是结伴去,几乎没有一个人独自行动的行为,除了结伴搭伙儿热闹有趣,还有至关重要的一条,便是安全。那时候沟梁纵横的原坡上还有狼族活跃其间,常常就有某人在某道坡梁或某条沟谷里撞见了狼,甚至还有某村的小孩被狼叼走的骇人听闻的灾祸发生。父亲总是在我出门割草时提醒,不要单个上坡,找俩伴儿一搭去。

村子里和我同龄或不差上下年岁的伙伴不过三四个,今日我找他,明日他会来找我,三四个人聚齐了,便商量确定到哪一条沟或哪一道梁去割草,说着谝着嘻嘻哈哈便走出村子了。麦子收罢进入伏天的酷热季节,阳光如喷火,伙伴们不约而同在坡梁下的沟道里遮蔽了阳光的背阴处坐下来,玩一种抓掷石子的游戏,或者打扑克,直玩到太阳西斜,才抓起短把镰刀去割草。最富诱惑的快活事儿是逮蚂蚱。蚂蚱有麦蚂蚱和秋蚂蚱,前者是生长在麦子地里的,到麦子成熟时也发育完成了,趴在麦穗上发出吱吱吱的叫声,我曾和小伙伴们在麦子地里逮蚂蚱,着急处就忘记了已经黄熟的麦子,踏倒了麦子,招来麦田主人的叫骂。不过,这种麦蚂蚱叫声很单调，很快就把兴趣转移到秋蚂蚱这灵虫上来了。所谓秋蚂蚱，是相对麦蚂蚱而言的，在麦蚂蚱完成三次脱壳可以鸣叫的时候，秋蚂蚱才从埋在地皮下的卵蛋里化育成虫钻出来，满体嫩绿如同刚刚脱壳的绿豆。秋蚂蚱生长在长满酸枣刺棘的田坎上、荒坡上和坟地里，捕捉很难。我和伙伴们根本等不得它完成三次脱壳羽化为可以鸣叫的蚂蚱，就在刺棘丛中寻找，常常被刺棘的尖刺刺得脚面和小腿布满血印也不在乎。逮着小小的秋蚂蚱，装进竹篾编的蚂蚱笼子里，每天喂它野谷苗的内芯。眼看着它在小笼子里一天天长大，完成三次脱壳成为一只羽翼丰满的蚂蚱，发出铃铛一样响亮有节奏的歌唱，我常常陷入一种沉醉。这种秋蚂蚱生命力很强，如果喂养精到，往往可以鸣叫到深秋以至霜冻时节才会完结，给平静也显孤寂的农家院子添一缕欢乐的声响……逮秋蚂蚱太专注也太投入，往往忘记了割草，无论逮着秋蚂蚱的兴奋或逮不着的懊丧，都会在拾起短把镰刀开始割草不久便淡化了，只畏怯草割得太少父亲那责备的眼色。

印象里最不愿干却不得不干的农活是搂麦子。我家有十六七亩土地，绝大多数分散在原坡上，只有三五亩可以浇灌的水田分作四五块散布在灞河川道里。养牛积攒的土肥，单是施到一年可收两料的麦子和苞谷的水田里都不够，原坡

上的单料麦子根本施不上一次土肥,那麦子长得黄不拉叽的样子,收割时几乎搭不住镰刀,散落在麦茬地里的遗穗就很多了。村子里乡民把这种成色的麦子称作猴毛,把小小的麦穗称作蝇子洒(苍蝇头),把割这种麦子称作薅猴毛。父亲把一块又一块全是猴毛似的麦子薅过,我紧跟其后用粗铁丝做笆刺儿的大笆子把遗落的猴毛搂起来。至今印象最深的是在离村子最远的称作唐家坡顶的那块地,这是我家在原坡上最大的一块地,大约两亩还多,周边没有一棵树。我拖着足有一米宽的粗铁丝做笆刺儿的大笆子,一笆紧挨着一笆从东往西搂过去,再从西往东搂过来,确也如同为刚刚薅过猴毛的猴子梳头又梳身。这个铁丝笆子倒也不太重,拖起来也不太累,关键是坡地上滚动的热浪太难忍受了,火盆似的太阳就在头顶喷火,被晒了大半天的麦茬子热气蒸腾,拖着笆子过去再拖着笆子过来的过程,是被翻来覆去地炙烤。尽管头顶戴着草帽,头皮和脸皮仍然感觉到难耐的烘烤的灼伤,身上和裸露的小腿更不用说了。从家里带来的沙果叶茶水早已喝光,汗水似乎已经淌干流尽,口干到连一口唾沫儿也吐不出,看着还有一大半尚未搂过的麦茬地,有种想哭却哭不出来的无奈。看到远处一块坡地上有一个同龄的伙伴也在搂着,心里似乎有一种安慰,农家娃娃都得做这种活儿,且谈不到劳动的单调和无趣，那时候还不懂这些高雅的词语，尽管切实地承受着……而当某天晚上和父亲坐在院子里吃晚饭，抓起母亲刚刚蒸熟端到跟前的白面馍馍咬下一口时，父亲顺口便会说，白面馍馍香不香？香。爱吃不爱吃？爱吃。明年搂麦子，再甭嘴噘脸吊的了。搂麦子受苦招架不住的那阵儿，想到吃白面馍馍，你就有劲了……这是我最初接受的关于劳动的教诲。

卖　菜

　　白鹿原上的这村那寨和白鹿原下的这寨那村的人家，多有亲戚关系，原上的姑娘嫁到原下或原坡上的某户人家，也多有原下的姑娘嫁到原上某个村寨的人家，亲戚间的往来就很频繁。单就我们这个不足四十户人家的小村庄说，竟然有六七户人家都和原上有这种最亲近的亲戚关系，而我母亲的娘家（我的舅舅家）就在白鹿原西头的五坊村，两个姨妈家也在原上的两个很大的村子。这样，在我尚未懂事也爬不动坡上很陡的土路的时候，据说是由父亲背着我上原，每年正月头上去向舅爷、舅奶、舅舅、舅母拜年。到我能走得动的时候，一大清早起来便跟着父亲母亲出门上路了，从我们村子通舅家的原上的村子有一条斜路，大约七八里，尽管天气

很冷，走上原头的时候早已浑身淌汗了。

走上原头的感觉是奇异而又新鲜的。天太宽阔了，直到眼睛所能抵达的模模糊糊的终南山的群峰（那时候尚不知终南山的称谓，当地乡民只说南山）；往北看，对面的北岭（即骊山的南端，同样在那时尚不知骊山的称谓，当地乡民只说北岭），竟然遮挡不住天了；原上一马平川，远远近近散落着大大小小的村寨，无论如何望不见东边原的尽头，便有一种神秘感。我之所以会有这种感觉，完全是我生活的小村庄所在的特定地域造成的。我们的村子紧紧倚靠着白鹿原的北坡，站在村子的任何一个角度，满眼都是熟悉不过的坡坎和峁梁，刀裁一样的原顶遮住了天空；往北看，便是骊山的南麓，同样遮住了天空；在南原和北岭之间，蓝的天或阴的天，永远都是窄窄的一条长绺的天空，当地乡民自我调侃说，生在咱这地方，一辈子只看一绺绺天。绺绺，通常是说布条的，一绺布条。在我能够独立走上白鹿原的时候，宽阔的天和平坦无边的地让我发生奇异的感觉就不足为奇了。

在我更生动鲜活的记忆，是上原卖菜。

在我考上中学的时候，家庭的经济来源没有了，父亲种树卖树供我们兄弟俩上学，无奈树长得太慢，供给不上两个中学生的学杂费；村子里已经建立了农业合作社，即使劳动有盈余，也得等到年终合作社决算后才能分配，况且多数人家都是倒贴户。我在父亲完全无法可想的困局里，上完初一第一学期便休学了，后来在政府的帮助下复学，却错过了一个年级。记得是在复学读完初一的那年暑假，出现了学生卖菜挣学费的新鲜事，而且很快形成了一股风气。那些和我一样先后考入初级中学的乡村学生，其实大多数的家境相差不了多少，十个有九个都上不起每月大约要花费十元钱的学生灶，都是背着一袋子馍上学，每天三顿都是开水泡馍，伴着辣椒酱或咸菜。即使如此节俭，每学期开学的十多元学杂费仍然成为每个学生家长的重而又重的负担。这一年的暑假，不知由哪个村子的哪位脑门活泛又灵动的学生闯出一条挣学费的生财之道，从原下的农业合作社的菜园里趸下时令蔬菜，第二天一早挑着菜担上原，到原上的镇子上去卖，赚下钱来，到暑假结束便高高兴兴交学费了。我很快就加入到这个刚刚形成的学生卖菜的不大不小的群体中了，心劲颇高，不用再担心失学了。

　　白鹿原上自古缺水，俗称旱原。无论大村还是小寨的乡民，吃水是最大的困难，靠人力打下的深井，水多不旺，而且是人力所能挖到的极限深层了。吃水历来困难，种庄稼自不待说是靠天吃饭，每年只种一料麦子，不种秋田，在于秋禾

更费水,而当地的气候特征恰恰是十年有九年的伏天都缺雨水,蔬菜就更谈不上种植了。原下人调侃原上人说,宁可给你一个馍,不舍得给你一碗水。更有甚者说,原上人早晨起来,为节省洗脸水,夫妻兄弟姊妹面对面吐唾沫儿洗脸……原下的一个又一个村庄,门前流着丰沛的灞河清流,每个村子都有引灞河水自流浇灌的水田,还有不少稻地。在个体经营时代,几乎每个村子都有一两户心灵手巧、善于抚育蔬菜的农民,便有了收入强过普通庄稼的菜园;到20世纪50年代中期农业合作社建立后,每个社里都有相当规模的蔬菜种植地块,作为合作社的副业。我们村子就有五亩地种植着传统的韭菜、大葱、蒜苗、茄子、辣椒和刚刚引进的洋柿子(西红柿)等,合作社社员把这些蔬菜挑到原上的镇子去卖。原上人自古以来就吃着原下人种的菜。

我在我们村子的合作社的菜园里歪下时令蔬菜,多是大葱、韭菜、茄子和西红柿,总量一般不超过五十斤,这是十五岁的我挑菜上原所能承受的极限重量。

我和村子里的小伙伴一起挑菜上原。天微明便爬起来挑着装满蔬菜的竹笼出门了,走不过一里平地便上坡,目的地是狄寨镇——我尚不知是用北宋大将军名字命名的镇子——大约十华里远,上原后到镇子还有约三华里平路,上原的陡坡路占过大半。我挑着蔬菜，出村子时尚不觉得压迫，很快走过一里平地开始踏上上原的坡路的时候，那装着蔬菜的两只竹条笼便沉重起来，出气也急促了，汗水也冒出来了，直到肩膀疼痛不堪、双脚也难以跨步的时候，便招呼伙伴歇一歇……从出家门到上到原顶，少说也要歇四五回，上到原顶的那一刻，肩头的担子几乎是扔到地上的，当即躺倒在地，汗水似乎汹涌而出，喘着粗气的嘴连叫妈的气力都没有了。然而，心里却是一种成功的轻松，最难的坡路爬上来了。待喘息初定，便拿出用布包着的馍来，肚子也咕咕叫起来，吃完一个馍，便挑起两笼蔬菜直奔狄寨镇了。

狄寨镇街道的两边，任由各种商贩自选位置，先到者便先占得街道中间人来人往最稠密的一方地盘。我选定地盘放下装菜的竹条笼，把各色蔬菜都亮出来，便坐在地上迎接买菜的顾客。20世纪50年代中期的蔬菜价格，我从合作社趸来的时候，韭菜大约五分钱一斤，大葱一角钱，西红柿七八分钱，挑到镇子卖出时的价格都要翻一倍，开始时咬紧牙关不给购菜者讨价还价的机会，如果销售不顺利，便只好忍痛降低售价了。印象深的事是算账麻烦，那时候还用的是十六两为一斤的秤，买主如果买整数的蔬菜很好结账，如果一斤两斤又带着三两四两，结算就犯难了，我便用小木棍在地上

划拉乘法运算，往往惹得那些大叔小婶瘪着嘴笑，逗我说这个"土算盘"算的账准不准，然后才掏出钱来付我。如果卖得顺利，到人去集散的时候卖完最后一秤菜，挑起空笼走出集市的时候，便有一种想喊想唱的快乐；如果眼看着街道上的人越来越稀，笼里的蔬菜还剩下不少，便着慌了，很自然地减价，而且大声呼喊着"便宜了减价了快来买呀"之类的吆喝；如果仍然无人问津，便只好和同样没有卖完菜的伙伴重新挑起菜笼，到镇子周边的村子去叫卖，肯定会贴本儿，这是令人丧气的事。

　　从初中一年级到高中一年级，每年暑假都是以割草和卖菜为主要劳动项目。原上有三个较大的集镇，各有各的集日，除过一个距家太远的集镇，另两个集镇每逢集日，除过下雨天，我都会挑着两笼蔬菜去赶集，多数时日里都可以赚一元上下的人民币，也有赚不到钱乃至亏本的倒霉事。无论如何，每到暑假结束背着一袋子馍上学去的时候，口袋里装着我自己卖菜挣来的学杂费，是一种坦然，乃至骄傲。有一年卖菜收入颇丰，母亲竟到供销社买来机织的"洋布"，在镇上的裁衣店为我做了一件四兜的制服，我平生第一次穿上了制服。

木板·秧歌

　　1950年春节过后的一个晚上，父亲把我叫到方桌前，郑重却也平和地说，你明日个去上学。我也不觉得太惊奇，上学的事在年前已经说过不止一回了，只是明天就要走进学堂的时候，还是有一种说不清楚是紧张或是受制约的异样的感觉。我没有说话。父亲接着把一支新买的毛笔递给我，还有一沓写大字的仿纸，说，你跟你哥合用一个砚台。我哥早我两年上学，笔墨纸砚备全。我接过写大字的毛笔，拔下那个竹筒笔帽儿，毛笔的竹竿尖头是一撮紫红色动物毛做的笔头，我当即联想到在原坡上割草时撞见的狐狸尾巴的毛，据说好毛笔都是用狐狸的尾毛制作的，称鸡狼毫。

　　学校设在村子东头的一孔窑洞里。我们的村子倚着白鹿原北坡的坡根自东向西排列，我家是西头倒数第二家，后门外的坡地却是河卵石和河沙的沉积层，这是不知几千乃至几万年前，灞河曾经流过的河床。村子东头却是黄土崖，不见一粒沙石，村民便在崖根下凿成冬暖夏凉的窑洞。这里的窑洞又高又深且宽阔，里边用土坯垒成隔墙，一家两代乃至三代共住一孔窑内。作为学堂的这孔窑，是村子里有房子住的一户人家放置杂物的闲置的窑洞，提供给乡民作学堂，已经

使用许多年了。这孔窑洞学堂容纳着二三十个学童,是我村和东蒋村以及处于原坡上的仅有十多户人家的史家坡三个村子的求学的子弟。请来的教书先生的报酬,由上学的学童的家庭分摊,那时候不论钱而论麦子,大约是1949年前国民党的纸币贬值得和废纸一样,人们常说背一口袋纸币买不来一口袋麦子,乡民们的交易便是以物易物,无论卖地、卖树、嫁女儿,都以麦子或苞谷为易物。聘请来的教书先生,也是议定一学季给多少斤麦子,具体给多少,我那时不用关心。

我拿着父亲昨晚交给我的毛笔和一沓写大字的仿纸,拘束而紧张地走进那孔窑洞,在自家方桌旁的自家长条凳上坐下来。那个时候的乡村学堂,没有公用桌凳,由学童搬来自家的方桌或条桌和凳子上学,有的学童的家长约定合用一张桌子,我家的方桌四边可以坐八个学童,我和我哥之外,另有四五个同村的学童共用一桌。

紧靠窗户是一个土坯垒成的炕。紧靠炕边支着一个方桌。桌上摆着一摞书和一摞纸,还有一个插着粗杆细杆毛笔的笔筒,还有磨墨的砚台。先生正襟危坐在桌边的椅子上。先生很年轻,穿一件淡蓝色长袍,正在给学童写影格。初入学的学童先把先生写好的影格垫在仿纸下面,然后按着影格上的字的笔画在仿纸上照写。我不敢到先生的方桌跟前去,由我哥把一方仿纸送到先生桌上，要求为我写一方影格。约略记得是从一到十最简单的十余个字，我把影格铺到仿纸下，模模糊糊可以看到仿纸下的笔画，用蘸了墨汁的毛笔照写起来，尽管横笔不直、竖笔歪扭，却总算是我捉笔写出的第一张汉字了。

印象里的先生眉目清秀，却不苟言笑，看去和善的脸上，一旦被哪个学童惹得生起气来，也够怕人的，顺手便抓起摆放在方桌上的足有三尺长的窄木板，抽打那个学童的手掌，打得学童尖声哭叫，他也不会饶恕，说打五板绝不少打一板。我确凿怯惧那把木板，窝着贪玩的野性子，避免了木板击掌的惩罚。我已记不清学习课目的内容，却记得这种延续到1950年春天的老式乡村学堂的格局到秋季就废止了。据说穿蓝袍的先生被政府收编，集中培训去了。人民政府派来了一位新老师，穿着四个兜的干部服，个头高大且体形粗壮。他到处向乡民申明他是人民教师，要称他老师，不许再称他先生；对入学的孩子要称学生，不能称学童了；最让乡民们新鲜的是，这位人民教师的报酬由政府每月发给，不用学生家庭分摊，村民们惊喜地说，娃娃念书不掏钱，新社会真好。

我上学的第二个春天，村子里实行了土地改革，我们村子没有划定一户地主或富农的农户，比我们村子少一小半农

户的东蒋村划定一户地主成分的人家，土地和财物被分配给穷人了，作为三合院的坐庄建筑——三间大房，收归为公有，议定为初级小学的学校。这样，1951年的下学期，我和同学们就在这幢宽敞的大房子里上课了。教室宽敞了，光线也比窑洞亮堂了，却要出村子跑远路上学了，东、西蒋村之间纵着一道不太高的土梁，梁的两边是两条不太深的沟。那时候一天上三次学，我和西蒋村同学便来回翻六次沟和梁，却也从来不觉得累或苦。也是从这学期起始，教室里有了女学生，都是老师耐着心到乡民家里说服开导，应该让女娃上学识字，女学生逐渐多起来了，还有十六七岁的大姑娘也认字求学来了。

每天下午，这位老师领着我们在农民的打麦场上扭秧歌，双手上下轮换甩动，高过肩膀，三步一跳，左右扭摆腰身，动作不复杂，很容易做到，难的是排列的两队不仅要步调节奏一致，而且两队要互相交叉变换队形。后来老师又教给我们一种竹竿秧歌，因为多数学生家里没有竹竿，老师变通为柳条，我们从灞河滩到处都有的柳树上砍下擀面杖粗细的柳树枝，剥掉皮，是洁白的柳杆，再用红颜料涂成红白相间的彩色。按照老师教的竹竿秧歌的舞步跳起来，仍然是三步一跳，右手拿着的竹（柳）竿合着脚步击打左肩，再击打右肩，最后击打跳起来的脚掌。同学们个个都练得认真，跳得满头大汗也乐在其中，尤其是打麦场边有许多男女村民和小孩围观的时候，大家跳得更认真了，吹着哨子伴着节奏的老师也更来劲了。

教育局的管理部门组织了一场秧歌赛，分片举行，原坡地区的初级小学会聚在中心小学，我们的竹（柳）竿秧歌别具一格，独领风骚，随后被安排到原坡和原上的村子里去表演（还有另外几所学校的秧歌队）。每有节日庆祝活动，我们的竹（柳）竿秧歌都受邀表演。我大约刚交上十岁，跟着老师和同学，攥着一根磨得溜光的竹（柳）竿，扭遍了原下原坡和原上的大寨小村，兜里装着自家的馍或锅盔，所到之处的村子或学校供给开水，歇息下来便吃馍喝水，依旧劲头十足地扭。

直扭到四年级毕业，在当年考高级小学难似考秀才的升学考试中，我竟考中了。当时学习的情况已经基本无记，只留下竹（柳）竿秧歌的记忆。在我后来到原上或原坡的这村那庄走动的时候，偶尔竟会泛出少年时到这里扭秧歌的情景。

第三辑

回家 回家

 原下的日子

一

新世纪到来的第一个农历春节过后,我买了二十多袋无烟煤和吃食,回到乡村祖居的老屋。我站在门口对着送我回来的妻女挥手告别,看着汽车转过沟口那座塌檐倾壁残颓不堪的关帝庙,折回身走进大门,进入刚刚清扫过隔年落叶的小院,心里竟然有点酸酸的感觉。已经摸上六十岁的人了,何苦又回到这个空寂了近十年的老窝里来。

从窗框伸出的铁皮烟筒悠悠地冒出一缕缕淡灰的煤烟,火炉正在烘除屋子里整个一个冬天积攒的寒气。我从前院穿过前屋过堂走到小院,南窗前的丁香和东西围墙根下的三

株枣树苗子，枝头尚不见任何动静，倒是三五丛月季的枝梢上暴出小小的紫红的芽苞，显然是春天的讯息。然而整个小院里太过沉寂、太过阴冷的气氛，还是让我很难转换出回归乡土的欢愉来。

我站在院子里，抽我的雪茄。东邻的屋院差不多成了一个荒园，兄弟两个都选了新宅基建了新房，搬出许多年了。西邻曾经是这个村子有名的八家院，拥挤如同鸡笼，先后也都搬迁到村子里新辟的宅基地上安居了。我的这个屋院，曾经是父亲和两位堂弟三分天下的"三国"，最鼎盛的年月，有祖孙三代十五六口人进进出出在七八个或宽或窄的门洞里。在我尚属朦胧混沌的生命区段里，看着村人把装着奶奶和被叫作厦屋爷的黑色棺材，先后抬出这个屋院，再在街门外用粗大的抬杠捆绑起来，在儿孙们此起彼伏的哭号声浪里抬出村子，抬上原坡，沉入刚刚挖好的墓坑。我后来也沿袭这种大致相同的仪程，亲手操办我的父亲和母亲从屋院到墓地这个最后驿站的归结过程。许多年来，无论有怎样紧要的事项，我都没有缺席由堂弟们操办的两位叔父、一位婶娘最终走出屋院走出村子，走进原坡某个角落里的墓坑的过程。现在，我的兄弟姊妹和堂弟堂妹及我的儿女，相继走出这个屋院，或在天之一方，或在村子的另一个角落，以各自的方

式过着自己的日子。眼下的景象是，这个给我留下拥挤也留下热闹印象的祖居的小院，只有我一个人站在院子里。原坡上漫下来寒冷的风。从未有过的空旷。从未有过的空落。从未有过的空洞。

我的脚下是祖宗们反复踩踏过的土地。我现在又站在这方小小的留着许多代人脚印的小院里。我不会问自己也不会向谁解释为了什么又为了什么重新回来，因为这已经是行为之前的决计了。丰富的汉语言文字里有一个词儿叫龌龊。我在一段时日里充分地体味到这个词儿的不尽的内蕴。

我听见架在火炉上的水壶发出噗噗噗的响声。我沏下一杯上好的陕南绿茶。我坐在曾经坐过近二十年的那把藤条已经变灰的藤椅上，抿一口清香的茶水，瞅着火炉炉膛里炽红的炭块，耳际似乎萦绕着见过面乃至根本未见过面的老祖宗们的声音，嗨！你早该回来了。

第二天微明，我搞不清是被鸟叫声惊醒的，还是醒来后听到了一种鸟的叫声。我的第一反应是斑鸠。这肯定是鸟类庞大的族群里最单调、最平实的叫声，却也是我生命磁带上最敏感的叫声。我慌忙披衣坐起，隔着窗玻璃望去，后屋屋脊上有两只灰褐色的斑鸠。在清晨凛冽的寒风里，一只斑鸠围着另一只斑鸠团团转悠，一点头，一翘尾，发出连续的"咕咕咕……咕咕咕"的叫声。哦！催发生命运动的春的旋律，在严寒依然裹盖着的斑鸠的躁动中传达出来了。

我竟然泪眼模糊。

二

傍晚时分，我走上灞河长堤。堤上是经过雨雪浸淫沤泡变成黑色的枯蒿枯草。沉落到西原坡顶的蛋黄似的太阳绵软无力。对岸成片的白杨树林，在蒙蒙灰雾里依然不失其肃然和庄重。河水清澈到令人忍不住又不忍心用手撩拨。一只雪白的鹭鸶，从下游悠悠然飘落在我眼前的浅水边。我无意间发现，斜对岸的那片沙地上，有个男子挑着两只装满石头的铁丝笼走出一个偌大的沙坑，把笼里的石头倒在石头垛子上，又挑起空笼走回那个低陷的沙坑。那儿用三脚架撑着一张钢丝罗筛。他把刨下的沙石一锨一锨抛向罗筛，发出连续不断千篇一律的声响，石头和沙子就在罗筛两边分流了。

我久久地站在河堤上，看着那个男子走出沙坑又返回沙坑。这儿距离西安不足三十公里。都市里的霓虹此刻该当缤纷，各种休闲娱乐的场合开始进入兴奋期。暮霭渐渐四合的沙滩上，那个男子还在沙坑与石头垛子之间往返。这个男子以这样的姿态存在于世界的这个角落。

　　我突发联想,印成一格一框的稿纸如同那张罗筛。他在他的罗筛上筛出的是一粒一粒石子。我在我的"罗筛"上筛出的是一个一个方块汉字。现行的稿酬标准无论高了低了贵了贱了,肯定是那位农民男子的石子无法比的。我自觉尚未无聊到滥生矫情,不过是较为透彻地意识到构成社会总体坐标的这一极。这一极与另外一极的粗细强弱的差异。

　　这是新世纪的第一个早春。这是我回到原下祖屋的第二天傍晚。这是我的家乡那条曾为无数诗家墨客提供柳枝,却总也寄托不尽情思离愁的灞河河滩。此刻,三十公里外的西安城里的霓虹灯,与灞河两岸或大或小村庄里隐现的窗户亮光;豪华或普通轿车壅塞的街道,与田间小道上悠悠移动的架子车;出入大饭店小酒吧的俊男倩女打蜡的头发、涂红(或紫)的嘴唇,与拽着牛羊缰绳、背着柴火的乡村男女;全自动或半自动化的生产流水线,与那个在沙坑在罗筛前挑战贫穷的男子……构成当代社会的大坐标。我知道我不会再回到挖沙筛石这一极中去,却在这个坐标中找到了心理平衡的支点,也无法从这一极上移开眼睛。

三

　　村庄背靠白鹿原北坡。遍布原坡的大大小小的沟梁奇形怪状。在一条阴沟里该是最后一坨尚未化释的残雪下，有三两株露头的绿色，淡淡的绿，嫩嫩的黄，那是青蒿，长高了就是蒿草，或卑称臭蒿子。嫩黄淡绿的青蒿，不在乎那坨既残又脏、经年未化的雪，宣示了春天的气象。

桃花开了，原坡上和河川里，这儿那儿浮起一片一片粉红的似乎流动的云。杏花接着开了，那儿这儿又变幻出似走似驻的粉白的云。泡桐花开了，无论大村小庄都被骤然爆出的紫红的花帐笼罩起来了。洋槐花开的时候，首先闻到的是一种令人总也忍不住深呼吸的香味，然后惊异庄前屋后和坡坎上已经敷了一层白雪似的脂粉。小麦扬花时节，原坡和河川铺天盖地的青葱葱的麦子，把来自土地最诱人的香味，释放到整个乡村的田野和村庄，灌进庄稼院的围墙和窗户。椿树的花儿在庞大的树冠和浓密的枝叶里，只能看到绣成一团一串的粉黄，毫不起眼，几乎没有任何观赏价值，然而香味却令人久久难以忘怀。中国槐大约是乡村树族中最晚开花的一家，时令已进入伏天，燥热难耐的热浪里，闻一缕中国槐花的香气，顿然会使焦躁的心绪沉静下来。从农历二月二龙抬头迎春花开伊始，直到大雪漫地，村庄、原坡和河川里的花儿便接连开放，各种奇异的香味便一波迭过一波。且不说那些红的、黄的、白的、紫的各色野草和野花，以及秋来

整个原坡都覆盖着的金黄灿亮的野菊。

五月是最好的时月,这当然是指景致。整个河川和原坡都被麦子的深绿装扮起来,几乎看不到巴掌大一块裸露的土地。一夜之间,那令人沉迷的绿野变成满眼金黄,如同一只魔掌在翻手之瞬间创造出来神奇。一年里最红火、最繁忙的麦收开始了,把从去年秋末以来的缓慢悠闲的乡村节奏骤然改变了。红苕是秋收的最后一料庄稼,通常是待头一场浓霜降至,苕叶变黑之后才开挖。湿漉漉的新鲜泥土的垄畦里,排列着一行行刚刚出土的红艳艳的红苕,常常使我的心发生悸动。被文人们称为弱柳的叶子,居然在这河川里最后卸下盛装,居然是最耐得霜冷的树。柳叶由绿变青,由青渐变浅黄,直到几番浓霜击打,通身变成灿灿金黄,张扬在河堤上、河湾里,或一片或一株,令人钦佩生命的顽强和生命的尊严。小雪从灰蒙蒙的天空飘下来时,我在乡间感觉不到严冬的来临,却体味到一缕圣洁的温柔,本能地仰起脸来,让雪片在脸颊上、在鼻梁上、在眼窝里飘落、融化,周围是雾霭迷茫的素净的田野。直到某一日大雪降至,原坡和河川都变成一抹银白的时候,我抑制不住某种神秘的诱惑,在黎明的浅淡光色里走出门去,在连一只兽蹄鸟爪的痕迹也难觅踪的雪野里,踏出一行脚印,听脚下的雪发出"铮铮铮"的脆响。

我常常在上述这些情景里，由衷地咏叹，我原下的乡村。

四

漫长的夏天。

夜幕迟迟降下来。我在小院里支开躺椅，一杯茶或一瓶啤酒，自然不可或缺一支烟。夜里依然有不泯的天光，也许是繁密的星星散发的。白鹿原刀裁一样的平顶的轮廓，恰如一张简洁到只有深墨和淡墨的木刻画。我索性关掉屋子里所有的电灯，感受天光和地脉的亲和，偶尔可以看到一缕鬼火飘飘忽忽掠过。

有细月或圆月的夜晚，那景象就迷人了。我坐在躺椅上，看圆圆的月亮浮到东原头上，然后渐渐升高，平静地一步一步向我面前移来，幻如一个轻摇莲步的仙女，再一步一步向原坡的西部挪步，直到消失在西边的屋脊背后。

某个晚上，瞅着月色下迷迷蒙蒙的原坡，我却替两千年前的刘邦操起闲心来。他从鸿门宴上脱身以后，是抄哪条便道逃回我眼前这个原上的营垒的？"沛公军灞上"。灞上即指灞陵原。汉文帝就葬在白鹿原北坡坡畔，距我的村子不过十六七里路。文帝陵史称灞陵，分明是依着灞水而命名。这个地处长安东郊、自周代就以白鹿得名的原，渐渐被"灞

陵原""灞陵""灞上"取代了。刘邦驻军在这个原上,遥遥相对灞水北岸骊山脚下的鸿门,我的祖居的小村庄恰在当间。也许从那个千钧一发、命悬一线的宴会逃跑出来,在风高月黑的那个恐怖之夜,刘邦慌不择路翻过骊山、涉过灞河,从我的村头某家的猪圈旁爬上原坡直到原顶,才舒出一口气来。无论这逃跑如何狼狈,并不影响他后来打造汉家天下。

大唐诗人王昌龄,原为西安城里人,出道前隐居白鹿原上滋阳村,亦称芷阳村。下原到灞河钓鱼,提镰在菜畦里割韭菜,与来访的文朋诗友饮酒赋诗,多以此原和原下的灞水为叙事抒情的背景。我曾查阅资料企图求证滋阳村村址,毫无踪影。

我在读到一本《历代诗人咏灞桥》的诗集时,大为惊讶,除了人皆共知的"年年柳色,灞陵伤别"所指的灞桥,灞河这条水,白鹿(或灞陵)这道原,竟有数以百计的诗圣诗王诗魁都留了绝唱和独唱。

宠辱忧欢不到情,
任他朝市自营营。
独寻秋景城东去,
白鹿原头信马行。

这是白居易的一首七绝，是诸多以此原和原下的灞水为题的诗作中的一首，是最坦率的一首，也是最通俗易记的一首。一目了然，可知白诗人在长安官场被蝇营狗苟的龌龊惹烦了，闹得腻了，倒胃口了，想呕吐了，却终于说不出口、呕不出喉，或许是不屑于说或吐，干脆骑马到白鹿原头逛去。

还有什么龌龊能淹没脏污这个以白鹿命名的原呢？断定不会有。

我在这原下的祖屋生活了两年。自己烧水沏茶。把夫人在城里擀好切碎的面条煮熟。夏日一把躺椅，冬天一抱火炉。傍晚到灞河沙滩或原坡草地去散步。一觉睡到自来醒。当然，每有一个短篇小说或一篇散文写成，那种愉悦，相信比白居易纵马原上的心境差不了多少。正是原下这两年的日子，是近八年以来写作字数最多的年份，且不说优劣。

我愈加固执一点，在原下进入写作，便进入我生命运动的最佳气场。

 在 河 之 洲

汽车驶出古城西安东门,不久就进入麦深似海的关中平原的腹地。时令刚交上五月,吐穗扬花的小麦一望无际,眼前是嫩滴滴的密密匝匝的麦叶麦穗,稍远就呈现为青色了。放开眼远眺,就是令人心灵震颤的恢宏深沉的气象了。东过渭河,田堰层叠的渭北高原,在灰云和淡雾里隐隐呈现出独特的风貌,无论立陡的险垴,无论舒缓的慢坡,都被青葱葱的麦子覆盖着,如此博大深沉,又如此舒展柔曼,无法想象仅仅在两个月之前的残破与苍凉,顿然发生对黄土高原深蕴不露的神奇伟力的感动。

我的心绪早已舒展欢愉起来,却不完全因为满川满原的绿色的浸染和撩拨,更有潜藏心底的一个极富诱惑的企盼,

即将踏访两千多年前那位"窈窕淑女"曾经生活和恋爱的"在河之洲"了。确切地说，早在几天之前朋友相约的时候，我的心里就踊跃着、期待着，去看那块神秘莫测的"在河之洲"。

我是少年时期在初中语文课本上，初读那首被称作中国第一首爱情诗歌的。无须语文老师督促，一诵我便成记了，也就终生难忘了。"关关雎鸠，在河之洲；窈窕淑女，君子好逑。"许是少年时期特有的敏感，对那位好逑的君子不大感兴趣，甚至有莫名的逆反式的嫉妒，一个什么样儿的君子，竟然能够赢得那位窈窕淑女的爱？在河之洲，在哪条河边的哪一块芳草地上，曾经出现过一位窈窕淑女，而且演绎出千古诵唱不衰的美丽的爱情诗篇？神秘而又圣洁的"在河之洲"，就在我的心底潜存下来。后来听说这首爱情绝唱就产生在渭北高原，却不敢全信，以为不过是传说罢了，而渭河平原的历史传说太多太多了。直到朋友约我的时候，确凿而又具体地告诉我，在河之洲，就是渭北高原合阳县的洽川，这是大学问家朱熹老先生论证勘定的。朱熹著《诗集传》里的《关雎》篇，以及《大雅·大明》的注释，有"在洽之阳，在渭之涘"可佐证，更有"涘，水名，本在今同州合阳夏阳县"，指示出不容置疑的具体方位。合阳即今日的合阳县，20世纪50年代还沿用古体"郃"字作为县名，后来为

图得简便,把右边的耳朵削减省略,就成今天通用的合阳县了。洽水在合阳县投入黄河,这一片黄河道里的滩地古称洽川,就是千百年来让初恋男女梦幻情迷的"在河之洲"。我现在就奔着那方神秘而又圣洁的芳草地来了。

远远便瞅见了黄河。黄河紧紧贴着绵延起伏的群山似的断崖的崖根,静静地悄无声息地涌流着。黄河冲出禹门,冲出晋陕大峡谷,到这里才放松了,温柔了,也需要抒情低吟了,抖落下沉重的泥沙,孕育出渭北高原这方丰饶秀美的河洲。这是令人一瞅就感到心灵震颤的一方绿洲,顿然便自惭想象的狭窄和局限。这里坦坦荡荡铺展开的绿莹莹的芦苇,左望不见边际,右眺也不见边际,沿着黄河,也装饰着黄河,竟有三万多亩,那一派芦苇的青葱的绿色所蕴聚的气象,在人初见的一瞬便感到巨大的摇撼和震颤。我站在坡坎上,久久说不出一句话来,那方自少年时代就潜存心底的"在河之洲",完全不及现实的洽川之壮美。

芦苇正长到和我一般高,齐刷刷,绿莹莹,宽宽的叶子上锈积着一层茸茸白毛,纯净到纤尘不染。我漫步在芦苇荡里青草铺垫的小道上,似可感到正值青春期的芦苇的呼吸。我自然想到那位身姿窈窕的淑女,也许在麦田里锄草,在桑树上采摘桑叶,在芦苇丛里聆听鸟鸣,高原的地脉和洽川芦荡的气韵，孕育出窈窕壮健的身姿和洒脱清爽的质地，才会让那个万众景仰的周文王一见钟情，倾心求爱。我便暗自好笑少年时期自己的无知与轻狂，好逑的君子可是西周的周文王啊，哪里还有比他更能称得起君子的君子呢？一个君王向一个锄地割麦、采桑养蚕的民间女子求爱，就在这莽莽苍苍、郁郁葱葱的芦苇荡里，留下《诗经》开篇的爱情诗篇，萦绕在这个民族每一个子孙的情感之湖里，滋润了两千余年，依然在诵着吟着品着咂着，成了一种永恒。

雨下起来了。芦苇荡里白茫茫一片铺天盖地的雨雾，腾起排山倒海般雨打苇叶的啸声，一波一波撞击人的胸腔。走到芦苇荡里一处开阔地时，看到一幅奇景，好大的一个水塘里，竟然有几十个人在戏水，男人女人，年轻人居多，也有头发稀落、皮肉松弛的上了年岁的人。这个时月里的渭北高原，又下着大雨，气温不过十摄氏度，那些人只穿泳衣在水塘里戏闹着，似乎不可思议。这是一个温泉，名处女泉，大约从文王向民间淑女求爱之前就涌流到今天了。温泉蒸腾着白色的水汽，像一只沸滚的大锅，一团一团温热湿润的水汽向四周的芦苇丛里弥漫，幻如仙境。洽川人得了这一塘好水，冬夏都可以尽情洗浴了，于是自古形成一个风俗，女子出嫁前夜，必定到这泉净身，真是如诗如画。洽川这种温泉在古

籍上有一个怪异的专用汉字——瀵。自地下冒涌出来,冲起沙粒,对浴者的皮肤冲击搓磨,比现代浴室超豪华设施美妙得远了。在洽川,这样的瀵泉有多处,细如蚁穴,大如车轮,《水经注》等多种典籍都有生动具体的描绘,现在成了各地旅客观赏或享受沙浪浴的好去处了。

这肯定是我见过的最绝妙的温泉了,也肯定是我观赏到的最壮观、最气魄的芦苇荡了,造化给缺雨干旱的渭北高原这样迷人的一方绿地、一塘好水,弥足珍贵。我在孙犁的小说散文里领略过荷花淀和芦苇荡的诗意美,前不久从媒体上看到有干涸的危机,不免扼腕;从京剧《沙家浜》里知道江南有一片可藏匿新四军的芦苇荡,不知还有芦苇否?芦苇丛生的湿地沙滩,被誉为地球的肺。无须特意强调,谁都知道其对于人类生存不可或缺的功能。

我便庆幸,在黄河滩的洽川,芦苇在蓬勃着,温泉在涌着冒着,现代淑女和现代君子,在这一方芳草地上,演绎着风流。

我的秦腔记忆

在我最久远的童年记忆里,顶快活的事当数跟着父亲到原上原下的村庄去看戏。

父亲是个戏迷,自年轻时就和村子里几个戏迷搭帮结伙去看戏,直到年过七旬仍然乐此不疲。我童年跟着父亲所看的戏,都是乡村那些具有演唱天赋的农民演出的戏。开阔平坦的白鹿原上和原下的灞河川道里,只有那些物力雄厚而且人才济济的大村庄,不仅能凑足演戏的不小开销,还能凑齐生、旦、净、末、丑的各种角色。我们这个不足四十户人家的村子,演戏是连想也不敢想的事,我和父亲就只有到原上和原下的那些大村庄去看戏了。

不单在白鹿原,整个关中和渭北高原,乡村演戏集中在

一年里的两个时段,是农历的正月、二月和伏天的六月、七月。正月初五过后直到清明,庆祝新年佳节和筹备农事为主题的各种庙会,隔三岔五都有演出,二月二是传统习惯里的龙抬头日,形成演出高潮,原上某个村子演戏的乐声刚刚偃息,原下灞河边一个村子演戏的锣鼓梆子又敲响了,常常发生这个村和那个村同时演出的对台戏。再就是每年夏收夏播结束之后相对空闲的一个多月里,原上原下的大村小寨都要过一个各自约定的"忙罢会"。顾名思义,就是累得人脱皮掉肉的收麦种秋的活儿忙完了,该当歇息松弛一下,约定一个吉祥日子,亲朋好友聚会一番,庆祝一年的好收成。这个时节演戏的热闹,甚至比新年正月还红火,尤其是风调雨顺、小麦丰收、家家仓满囤溢的年份。

  我已记不得从几岁开始跟父亲去看戏,却可以断定是上学以前的事。我记着一个细节,在人头攒动的戏台下,父亲把我架在他的肩上,还从这个肩头换到那个肩头,让我看那些我弄不清人物关系也听不懂唱词的古装戏。可以断定不过五六岁或六七岁,再大他就扛架不起了。我坐在父亲的肩头,在自己都感觉腰腿很不自在的时候,就溜下来,到场外去逛一圈。及至上学念书的寒暑假里,我仍然跟着父亲去看戏,不过不好意思坐父亲的肩膀了。

同样记不得跟父亲在原上原下看过多少场戏了，却可以断定我那时候还不知道自己看的戏种叫秦腔。知道秦腔这个剧种称谓，应在20世纪50年代中期离开家乡进西安城念中学以后，我十三岁。看了那么多戏，却不知道自己所看的戏是秦腔，似乎于情于理说不通。其实很正常，包括父亲在内的家乡人只说看戏，没有谁会标出剧种秦腔。原上原下固定建筑的戏楼和临时搭建的戏台，只演秦腔，没有秦腔之外的任何一个剧种能登台亮彩，看戏就是看秦腔，戏只有一种秦腔，自然也就不需要累赘地标明剧种了。这种地域性的集体无意识就留给我一个空白，在不知晓秦腔剧种的时候，已经接受秦腔独有的旋律的熏陶了，而且注定终生都难能取代此种顽固心理。

在瓦沟里的残雪尚未融尽的古戏楼前，拥集着几乎一律黑色棉袄棉裤的老年壮年和青年男人，还有如我一样不知子丑寅卯的男孩，也是穿过一个冬天开缝露絮的黑色棉袄棉裤，旱烟的气味弥漫不散；伏天的"忙罢会"的戏台前，一片或新或旧的草帽遮挡着灼人的阳光，却遮不住一幢幢淌着汗的紫黑色裸膀，汗腥味儿和旱烟味儿弥漫到村巷里。我在这里接受音乐的熏陶，是震天轰响的大铜锣和酥脆的小铜锣截然迥异的响声，是间隔许久才响一声的沉闷的鼓声，更有

作为乐团指挥角色的扁鼓密不透风、干散利爽的敲击声,板胡是秦腔音乐独有的个性化乐器,二胡永远都是作为板胡的柔软性配乐,恰如夫妻。我起初似乎对这些敲击类和弦索类的乐器的音响没有感觉,跟着父亲看戏不过是逛热闹。记不得是哪一年哪一岁,我跟父亲走到白鹿原顶,听到远处树丛笼罩着的那个村子传来大铜锣和小铜锣的声音,还有板胡和梆子以及扁鼓相间相错的声响,竟然一阵心跳,脚步不自觉地加快了,一种渴盼锣鼓、梆子、扁鼓、板胡、二胡交织的旋律冲击的欲望潮起了。自然还有唱腔,花脸和黑脸那种能传到二里外的吼唱(无麦克风设备),曾经震得我捂住耳朵,这时也有接受的颇为急切的需要了;白须老生的苍凉和黑须须生的激昂悲壮,在我太浅的阅世情感上铭刻下音符;小生和花旦的洋溢着阳光和花香的唱腔,是我最容易发生共鸣的妙音;还有丑角里的丑汉和丑婆婆,把关中话里最逗人的语言做最恰当的表述,从出台到退场都被满场子的哄笑迎来送走……我后来才意识到,大约就从那一回的那一刻起,秦腔旋律在我并不特殊敏感的乐感神经里,铸成终生难以改易、更难替代的戏曲欣赏倾向。

我记不得看过多少回秦腔戏了。有几次看戏的经历竟终生难忘。上学到初中三年级,学校在西安东郊的纺织工业重镇边上，住宿的宿舍在工人住宅区内。晚自习上完，我和同伴回宿舍的路上，听到锣鼓梆子响，隐隐传来男女对唱，循声找到一个露天剧场，是西安一家专业剧团为工人演出，而且有一位在关中几乎家喻户晓的须生名角。戏已演过大半，门卫已经不查票了，我和同学三四个人就走进去，直到曲终人散。无论从哪方面说，都比乡村戏台上那些农民的演出好得远了，我竟兴奋得好久睡不着觉。第二天早上走进学校大门，教导主任和值勤教师站在当面，把我叫住，指令站在旁边。那儿已经站着两个人，我一看就明白了，都是昨晚和我看戏的同伴——有人给学校打小报告了。教导主任是以严厉而著名的。他黑煞着脸，狠声冷气地训斥我和看戏的同伙。这是我学生生活中唯一的一次处罚……

二十多年后的1980年，我被任命为区文化局副局长的同时，新任局长就是训斥并罚我站的教导主任。我和他握手的那一刻，真是感慨"人生何处不相逢"灵验了。从和他握手直到我离开这个单位，始终都不曾提及此事。他肯定不记得这件事了，他训斥过可能就置诸脑后了，又忙着训导另一名违纪的学生去了。不过，这个时候的他，已经半老，依然严厉的脸上总是洋溢着微笑，大笑的时候很爽朗。一张棱角严厉的脸无论畅怀大笑还是微笑，尤其生动感人，甚为可爱。

还有一次难泯的记忆。这是"四人帮"倒台不久的事。西安城里那些专业秦腔剧团大约还在观望揣摩文艺政策能放宽到何种程度的时候,关中那些县管的也属专业的秦腔剧团破门一拥而出了,几乎是一种潮涌之势。他们先在本县演出,又到西安城里城外的工厂演出,几乎全是被禁演多年的古装戏。西安郊区的农民赶到周边县城或工厂去看戏,骑自行车看戏的人到傍晚时拥满了道路。我陪着妻子赶过二十里外的戏场子。我的父亲和村里那几个老戏友又搭帮结伙去看戏了。到处都能听到这样一句痛快的观感:"这才是戏!"更有幽默表述的感慨:"秦腔到底又姓秦了!"这种痛快的感慨发自一个地域性群体的心怀。"文革"禁绝所有传统剧目的同时,推广八个京剧"样板戏",关中的专业剧团和乡村的业余演出班子,把京剧"样板戏"改编移植成秦腔演出,我看过,却总觉得不过瘾,多了点什么又缺失了点什么。民间语言表达总是比我生动、比我准确:"这是拿关中话唱京剧哩嘛!"还有"秦腔不姓秦了"的调侃。

到20世纪80年代中期,我的经济状况初得改善,便买了电视机,不料竟收不到任何节目,行家说我居住的原坡根下的位置,正好是电视信号传递的阴影区域。我不甘心把电视机当收音机用,又破费买了放像机,买回来一厚摞秦腔名家演出的录像带，不仅我把包括已经谢世的老艺术家的拿手好戏看了个够，我的村子里的老少乡党也都过足了戏瘾，常常要把电视机搬到院子里，才能满足越拥越多的乡党。我后来又买了录音机和秦腔名角经典唱段的磁带，这不仅更方便，重要的是那些经典唱段百听不厌。大约在我写作《白鹿原》的四年间，写得累了需要歇缓一会儿，我便端着茶杯坐到小院里，打开录音机听一段两段，从头到脚、从外到内都有一种无以言说的舒悦。久而久之，连我家东隔壁小卖部的掌柜老太婆都听上了戏瘾，某一天该当放录音机的时候，也许我一时写得兴起忘了时间，老太太隔墙大呼小叫我的名字，问我："今日咋还不放戏？"我便收住笔，赶紧打开录音机。老太太哈哈笑着说她的耳朵每天到这个时候就痒痒了，非听戏不行了……在诸多评说包括批评《白鹿原》的文章里，不止一位评家说到《白鹿原》的语言，似可感受到一缕秦腔弦音。如果这话不是调侃，是真实感受，却是我听秦腔之时完全没有预料得到的潜效能。

  我看过、听过不少秦腔名家的演出剧目和唱段，却算不得铁杆戏迷。不说那些追着秦腔名角倾心倾情胜过待爹娘老子的戏迷，即使像父亲入迷的那样程度，我也自觉不及。我比父亲活得好多了，有机会看那些名家的演出，那些蜚声省

内外的老名家和跃上秦腔舞台的耀眼新星,我都有机缘欣赏过他们的独禀的风采。然而,在我久居的日渐繁荣的城市里,有时在梦境,有时在一个人独处的时候,眼前会幻化出旧时储存的一幅幅图景,在刚刚割罢麦子的麦茬地里,一个光着膀子握着鞭子扶着犁把儿吆牛翻耕土地的关中汉子,尽着嗓门吼着秦腔,那声响融进刚刚翻耕过的湿土,也融进正待翻耕的被太阳晒得亮闪闪的麦茬子,融进田边沿坡坎上荆棘杂草丛中,也融进已搭着圆顶的太阳的霞光里。还有一幅幻象,一个坐在车辕上赶着骡马往城里送菜的车把式,旁若无人地唱着戏,嗓门一会儿高了,一会儿低了,甚至拉起很难掌握的"彩腔",在乡村大道上朝城市一路唱过去……

秦人创造了自己的腔儿。

这腔儿无疑最适合秦人的襟怀展示。

黄土在,秦人在,这腔儿便不会息声。

回家 回家

  祖居的屋院在白鹿原北坡根下的一个小村子里,距西安城不过五十华里。得着路程近的方便,有事要做很快就能回到那个小院,无事也常常想回去便回去了。其实,无论有事无事,就是想在那个曾经生活过五十多年的屋院里坐一坐,到门前的灞河沙滩上遛一遛,似乎心理上的某些亏缺就获得了补偿。这种感受只有在这一方小小的地域才会发生,回家走走就成为永无遏止、永无满足的欲念潜存心底。

  近日我又回到原坡下祖居的屋院。车子在愈加稠密的高楼之间的公路上行驶,不觉间便驶上浐河大桥。我的心在那一瞬便发生微妙的变化,顿然亢奋起来,这是走世界上任何一条路、过任何一座桥都不曾发生的一种心理和情绪的反应；更为奇异的是，每次回归老家，车子刚刚驶上这座大桥，我的情绪便发生这种亢奋的变化，几乎没有一次例外。我至今说不准这是一种生理反应，抑或是一种心理反应。我唯一能想到的因由，大约在我的潜意识里，这是我回家的桥，或者说是离我家最近的一座桥，过了这座桥，便进入我大半生都跑跑颠颠于其中的一方地域了。

这条浐河发源自横亘在关中平原南部的终南山，自南向北从白鹿原西坡根下流过，形成一道最适宜人类生存的河川，新石器时代的一个人类聚居的村庄——"半坡遗址"就在河岸东边；晴朗无霾的天气里，站在浐河岸边，可以看到白鹿原西坡上绿树掩映下的白墙红瓦。过了浐河桥不过三四里地，就进入白鹿原北坡下的灞河川道了，北坡上和河川里排列着稠如藤叶似的一个个或大或小的村庄。无论作为乡村教师或基层干部，抑或后来有幸成为专业作家，我在浐河、灞河两道河川和白鹿原上跑跑颠颠了三十多年，在进入传统习惯所划的老年年龄区段时进入西安城。在城里待过几年，在新世纪到来的时候，却也难以抑压灞河岸边家园的诱惑，决然一人回到那个祖居的屋院，读书写字，煮一碗妻子在城里擀成藏在冰箱的面条，日落的霞光里到灞河水边的沙滩上散步，不觉间竟有两年……

我后来才意识到，白鹿原西坡根下的浐河和北坡根下的灞河，真是天造地设、鬼斧神工的好水滋润着一道好原。我有幸出生在这原下且在这里生活过大半生，先是为这里的乡村孩子教授识文断字，后来组织乡民造梯田修河堤，再用笔叙写对这原这川里的历史和现实的体验和感受，这样的人生经历就很难用通常所说的情感纠结来表述了，反倒是每次车上浐河桥的一瞬所发生的那种微妙的亢奋情感，才是最真实、最准确的难以分清生理或心理的本能性反应，这是在任何地方不曾有过的。

回到祖居的屋院，烧一壶源自村中深井的自来水，三五下清扫了院中走道上的积尘和落叶，坐在院中喝一口茶，在车过浐河桥时发生且持续到开锁进院时的那种亢奋情绪，顿然消失了，不觉间转换为一种沉静，既区别于在城市住室里的沉静，也区别于过去常住这里时的那种沉静，当属重新回归时独有的一种沉静。这种独有的沉静心境也是只有坐在这个小院里才会发生。在城市待得久了，少不得忙忙乱乱，也多有来来去去，有得意也难免懊丧，在走进祖居的屋院坐在小院里抿一口茶的时候，似乎"宠辱"被荡涤得丝毫不留了，任何欲望也都隐退无痕了……这种独有的沉静，就成为回归祖居屋院的诱惑，一种永难满足更难得淡化的念想潜存

心底。

　　随意到村子里走走,就会发现变化,这里原本是两间窄小的厦屋和那边撑立了几十年的破旧漏雨的小安间房的房址上,都建起了颇为排场的两层楼房,迎面墙壁都是雪白的瓷片,却依然延续着关中乡村传统建筑的格式,大门门框上方镶嵌一方砖雕刻字的立家宣言,既有传统的"耕读传家",也有时兴的"满院春光"等。不觉间村子里全建起了水泥砖瓦结构的房屋,那些还保存着的土坯垒墙的破旧屋院,几乎全是迁居本省和外省的人家留存的空院。我总是会被勾起往时的记忆。在20世纪60年代初之前的十几年间,这个村子只有一户人家盖起了三间瓦房,不仅成为本村人热议羡慕的"高档建筑",甚至成为连邻村人都纷纷跑来参观的一道景致。这户人家的主人有一个在高寒荒漠做勘探工作的儿子,收入丰厚,这是任何一家农户(公社社员)难以望其项背的。在我能解知人事时所记忆的村子,竟然没有一户拥有三间瓦房的人家,且不说这个小村庄有几百或千余年的历史,自然可以理解村人对这幢三间瓦房的惊羡情态了。即如我这个有干部身份也有固定工资的人,也是挨到20世纪80年代中后期才建起三间新房,也就再不用每到雨天便把盒盒罐罐都搬出来接房顶漏下的雨水了……现在,无论谁家盖房建楼，已经不会引发热议，更不会有惊羡的眼光和议论，在于家家都有宽敞的新房了。

我总是想到村前的灞河边上遛遛。走出家门再下一道小坎，便是村人赖以生存的旱涝保收的田地了。在我幼年的记忆里，河川田地有三道灌渠，引灞河水自流浇灌禾苗，如果不是百年一遇的一年两年滴雨不下及至灞水断流的特大旱灾，这方地域的庄稼总有收成。然而，现在的河川里几乎看不到麦子和苞谷苗了，整体变成了樱桃园。村子背倚的白鹿原北坡，凡是可以植栽树木的梯田和坡地，也满是樱桃树了。如果清明前后回家，沿路满眼看到的都是粉白的樱桃花；再过一个月到五月初，坡原河川的樱桃树上都挂满紫红的淡黄的樱桃，西安城里的居民，或扶老携幼、或搭帮结伙到原上原下和原坡来摘樱桃，车拥人挤，盛况持续大半月。乡民喜不自胜地说，城里人给乡下人送钱来了……那一幢幢装潢讲究的两层住宅楼的开销，绝对多数是从樱桃树上获得的收益。无论在村巷还是在河川，碰到一位乡党，拉起闲话便说到樱桃，两棵樱桃树的收入超过一亩地麦子的价值。用乡党的结实话说，只要不是瓜（傻）子，谁都会算这笔账，自然就不种麦子、苞谷，全种樱桃了……我几乎每年五月都会上原摘樱桃，既为品尝这北方第一料成熟的鲜果，更在看那些

乡党往钱袋里塞钱时生动的喜悦脸色……

这是冬天，我又漫步在灞河边上，冷风飕飕，河水清透见底，我的心里愈加沉静。我走过一些名山大河，多是以观赏的眼光去看的，新鲜的惊喜是自然发生的，也曾把那种感受诉诸文字。然而，那些感受完全区别于面向眼前这条灞河的沉静心态。这是家园。回归家园所发生的沉静心态，是在家园之外的别处不曾有过的。

哦，我的家园。

权利保留，侵权必究。

图书在版编目（CIP）数据

我的白鸽 / 陈忠实著. — 武汉：长江少年儿童出版社，2024.11. — （课文作家经典作品系列）.
ISBN 978-7-5721-5687-8

Ⅰ. I267

中国国家版本馆 CIP 数据核字第 2024G8F895 号

课文作家经典作品系列·我的白鸽
KEWEN ZUOJIA JINGDIAN ZUOPIN XILIE · WO DE BAIGE

陈忠实　著

出 品 人：何　龙	封面插图：孙闻涛
策　　划：姚　磊　胡同印	内文插图：起点插画　视觉中国
项目统筹：吴炫凝　汤　纯	排版制作：方　莹
责任编辑：汤　纯	责任校对：邓晓素
整体设计：陈　奇	责任印制：邱　刚

出版发行：长江少年儿童出版社
邮政编码：430070
网　　址：http://www.cjcpg.com
承 印 厂：武汉新鸿业印务有限公司
经　　销：新华书店湖北发行所
开　　本：720 毫米 × 970 毫米　1/16
印　　张：7.25
字　　数：60 千字
版　　次：2024 年 11 月第 1 版
印　　次：2024 年 11 月第 1 次印刷
书　　号：ISBN 978-7-5721-5687-8
定　　价：28.00 元

本书如有印装质量问题，可联系承印厂调换。